Chères lectrices,

N'avez-vous ja[…] » ? De profiter des plaisirs d'une existence où le luxe côtoie l'opulence la plus raffinée, où le glamour règne en maître ?

Dans ce cas, réjouissez-vous ! Car la collection Azur vous offre une très belle surprise : une minisérie de deux romans consacrés à l'univers fascinant de la jet-set. Ce mois-ci, vous pourrez lire *Scandale et Passion* (n° 2252) avant de vous régaler avec *Sous les feux de la passion* (n° 2260) qui sortira en décembre.

Grâce à cette minisérie de Helen Bianchin, vous aurez le privilège de plonger au cœur même de ce milieu huppé en faisant la connaissance de deux de ses membres les plus éminents, les frères Lanier. Michel et David, qui sont des Français d'origine, ont tous deux réussi dans les affaires et partagent leur existence entre Paris et New York. Michel est marié avec Sandra, une merveilleuse actrice à qui l'on propose un rôle dans un film dont le tournage aura lieu en Australie. La jeune femme est enthousiasmée mais redoute de l'annoncer à Michel : n'ont-ils pas juré, en se mariant, qu'ils feraient l'impossible pour ne jamais être séparés ?

Quant à David Lanier, le frère aîné, il est encore célibataire. Du moins jusqu'à sa rencontre sur le tournage avec la ravissante Stephanie Sommers, une jeune mère célibataire responsable du marketing du film...

Je ne vous en dis pas plus et vous laisse découvrir la première partie de cette histoire dont vous retrouverez la suite en décembre.

Et n'oubliez pas, bien sûr, le reste de la sélection Azur !

Très bonne lecture !

La responsable de collection

La fiancée de Don Joaquin

LYNNE GRAHAM

La fiancée de Don Joaquin

HARLEQUIN

COLLECTION AZUR

Si vous achetez ce livre privé de tout ou partie de sa couverture, nous vous signalons qu'il est en vente irrégulière. Il est considéré comme « invendu » et l'éditeur comme l'auteur n'ont reçu aucun paiement pour ce livre « détérioré ».

Cet ouvrage a été publié en langue anglaise
sous le titre :
DON JOAQUIN'S PRIDE

Traduction française de
MURIEL ROUSSEAU

83-85, boulevard Vincent-Auriol, 75013 PARIS — Tél. : 01 42 16 63 63
Service Lectrices — Tél.: 01 45 82 47 47
ISBN 2-280-04955-4 — ISSN 0993-4448

1.

— Mais jamais je ne pourrai me faire passer pour toi ! protesta Lucy.

— Et pourquoi pas ? objecta aussitôt Cindy. Le Guatemala est à des milliers de kilomètres d'ici et Fidelio Paez ne m'a jamais rencontrée. Il ne sait même pas que j'ai une sœur, et encore moins une sœur jumelle qui est ma copie conforme !

— Pourquoi ne lui réponds-tu pas qu'il t'est matériellement impossible de lui rendre visite maintenant ?

Lucy ne comprenait pas pour quelle raison sa sœur imaginait une telle comédie pour répondre à une invitation.

— J'aimerais que ce soit aussi simple…

— Tu vas te marier dans un mois, argumenta Lucy calmement, ça devrait suffire à justifier un refus poli de ta part.

— Tu ne comprends pas ! Ce n'est même pas Fidelio qui m'a écrit. C'est un de ses voisins, un intermédiaire du nom de Del Castillo ! Il exige que j'aille passer quelque temps là-bas.

— Mais de quel droit se permet-il d'exercer une telle pression sur toi ?

Cindy semblait un peu embarrassée.

— Il estime qu'en tant que belle-fille de Fidelio et que seule parente survivante… je dois une visite au vieil homme.

— Mais pourquoi ?

Dans l'absolu, Lucy aurait certes compris une telle demande, mais elle lui semblait un peu excessive au regard de la brièveté du premier mariage de sa jumelle, cinq ans plus tôt.

Alors qu'elle travaillait à Los Angeles, Cindy avait vécu une romance passionnée avec le fils d'un riche propriétaire d'une hacienda guatémaltèque. Malheureusement, la jeune femme s'était retrouvée veuve quelques jours seulement après son mariage. Bien que jeune et apparemment en bonne santé, Mario Paez avait été foudroyé par une crise cardiaque. A cette époque, le Guatemala subissait une série d'inondations dévastatrices qui avaient complètement détruit le système des communications. Connaissant peu ou pas la famille de son défunt mari, Cindy n'avait pas réussi à joindre le père de Mario pour les obsèques. Elles s'étaient donc déroulées sans le vieil homme, et peu après, Cindy était revenue vivre à Londres.

— Et malgré tout, tu avais conservé des contacts avec le père de Mario, commenta Lucy, admirative, une fois que sa sœur eut terminé son récit.

Les pommettes saillantes de Cindy prirent une teinte plus foncée.

— J'ai toujours pensé que c'était le moins que je puisse faire, et à présent que Fidelio est malade…

— Le vieil homme est malade ? l'interrompit Lucy d'un air alarmé. C'est grave ?

— Oui. Tu comprends maintenant pourquoi je te demande ce service… Je ne peux tout de même pas lui dire que mon remariage imminent m'empêche de me déplacer !

Un frisson parcourut Lucy. Ce serait en effet un coup dur pour le vieil homme. Fidelio ne pourrait qu'y voir un rappel de la mort prématurée de son fils unique.

— Tu te rends compte, ce Del Castillo, le voisin en question, a été jusqu'à m'envoyer le billet d'avion ! Il ne pouvait pas se douter que même si je ne m'apprêtais pas à épouser Roger, je ne voudrais pas y aller, avoua Cindy d'un air boudeur. Je déteste les malades ! Je ne supporte pas de les approcher. Je ne sais même pas faire semblant de compatir à leurs malheurs.

Lucy baissa les yeux et réprima un soupir, malheureusement bien consciente que sa jumelle disait vrai. Quand leur mère était devenue invalide, Cindy n'avait été d'aucun secours. Néanmoins, son aide financière lui avait permis de régler les problèmes d'ordre pratique apparus au cours de ces longs mois difficiles où elle-même avait été obligée de quitter son travail pour s'occuper de leur mère. Cindy leur avait acheté un petit appartement à proximité de l'hôpital où celle-ci était soignée. A présent, Lucy aurait aimé faire preuve à son tour de générosité vis-à-vis de sa sœur.

— Toi, en revanche, tu pourrais facilement t'occuper de Fidelio, reprit Cindy, bien décidée à ne pas s'avouer vaincue. Tu as été formidable avec Maman. Mieux qu'une infirmière !

— Mais ce ne serait pas bien de tromper Fidelio Paez de cette façon, objecta Lucy avec embarras. Je pense que tu devrais en discuter avec Roger...

— En parler avec Roger ? C'est la dernière personne à qui j'en parlerais ! poursuivit-elle en saisissant la main de sa sœur, le regard suppliant. Si Roger savait tout ce que je dois à Fidelio, il estimerait certainement que nous devrions annuler le mariage de façon à ce que je puisse me rendre là-bas... et je ne le supporterais pas !

L'évocation d'une dette de sa sœur à l'égard de Fidelio surprit Lucy.

— Qu'est-ce que tu dois exactement à Fidelio Paez ?

— Il se trouve que ces dernières années... il m'a envoyé beaucoup d'argent, admit Cindy, gênée.

Lucy fronça les sourcils car sa sœur vivait dans une certaine opulence et, d'après ce qu'elle en savait, n'avait jamais manqué de rien.

— Pourquoi le père de Mario t'aurait-il envoyé de l'argent ?

— Et pourquoi pas ? répondit Cindy, sur la défensive. Il en a à ne plus savoir qu'en faire et il n'a personne d'autre pour qui il pourrait dépenser sa fortune. En plus, je n'ai rien eu à la mort de Mario !

Lucy fut gênée d'entendre le regret à peine voilé de sa jumelle à l'évocation de ce souvenir. Pire, Cindy baissa la tête en avouant :

— D'ailleurs, en dépit de toutes les invitations de Fidelio, je ne lui ai jamais rendu visite et lorsqu'il a essayé de fixer une date pour me rencontrer ici à Londres, j'ai toujours trouvé une excuse pour l'éviter.

Lucy était vraiment ébranlée par cette confession.

— Mais pourquoi t'es-tu comportée ainsi ?

Cindy haussa les épaules.

— Je n'ai pas toujours été une personne adorable à ton image, Lucy ! marmonna-t-elle avec une pointe d'agacement dans la voix. Pourquoi devrais-je me cloîtrer dans une hacienda perdue au fin fond du Guatemala avec un vieillard ? Et pourquoi aurais-je perdu mon temps à jouer les dames de compagnie avec lui ici ? J'ai toujours eu mieux à faire, même si j'ai eu l'intention de le rencontrer un jour ou l'autre... Malheureusement, le moment est plutôt mal choisi !

— En effet !

Lucy saisissait mieux à présent les tiraillements de conscience de sa sœur.

— Tu comprends, Roger ne sait pratiquement rien de mon passé, avoua Cindy tandis que ses yeux se remplissaient de larmes. J'ai changé. J'ai pris un nouveau départ quand j'ai repris contact avec toi et Maman, l'année dernière, et je te jure que je n'ai pas accepté un penny de Fidelio depuis lors.

— Tout ira bien, ne t'inquiète pas, murmura Lucy, touchée par la détresse de sa jumelle et son inhabituel accès de sincérité.

— Tout ira bien si tu acceptes d'aller au Guatemala à ma placc ! Jc sais que je te demande beaucoup, surtout dans la mesure où je n'ai pas été très honnête sur certains points, concéda Cindy d'une voix tendue. Mais j'ai vraiment besoin de ton aide, Lucy... et si tu veux bien me rendre ce service, je t'en serai éternellement reconnaissante.

— Cindy, je...

Tandis que Cindy la serrait contre son cœur, Lucy se sentit profondément émue par ce rare exemple d'abandon de la part de sa sœur.

Les jumelles avaient été séparées par le divorce de leurs parents à l'âge de sept ans et ne s'étaient plus revues pendant les quinze années qui avaient suivi. Lucy n'avait eu que récemment l'opportunité de renouer les liens avec sa sœur et cela n'avait pas été une mince affaire. Jusqu'à présent, Cindy s'était drapée dans une attitude de réserve qui tranchait avec sa propre nature, plus ouverte. Leurs modes de vie et leurs intérêts divergeaient à tel point qu'il avait été difficile de trouver un terrain d'entente pour effacer toutes ces années d'éloignement.

Mais à présent, pour la première fois depuis qu'elles n'étaient plus des enfants, Cindy s'était confiée à elle et lui avait demandé son aide. Cet appel au secours touchait une corde sensible de son cœur. Refusant de se laisser submerger par la perspective des difficultés qu'elle rencontrerait fatalement, Lucy sourit, déterminée à offrir à Cindy toute l'aide qu'elle pourrait.

Cindy lui sourit en retour, et recula un peu, comme pour jauger son apparence.

— J'ai envoyé une photo de moi à Fidelio l'année dernière et j'étais habillée de façon, disons, beaucoup plus féminine ! Il va falloir que je travaille un peu sur ton image, décréta-t-elle, en femme habituée à œuvrer comme maquilleuse dans le milieu de la haute couture.

Lucy se raidit un peu, réalisant tout à coup les conséquences de ce qu'elle avait accepté de faire. Maintenant qu'elles étaient des adultes, elle avait du mal à s'imaginer avec le look de sa jumelle. Cindy avait tout d'un top model, avec ses longs cheveux blonds ondulant dans son dos et sa silhouette de rêve. Elle-même se trouvait assez différente, avec une apparence plus commune et surtout, un caractère à l'opposé de celui de sa sœur. Comment réussirait-elle à jouer la comédie, elle qui était toujours sincère ?

A l'extérieur du bar minable qui ressemblait plus à une cahute avec un toit de zinc qu'à un établissement de bonne réputation, un petit homme rondouillard engoncé dans son poncho attacha son cheval à un piquet planté à l'entrée et rentra pour tenter d'échapper à la chaleur caniculaire. Il se joignit aux *caballeros* accoudés au bar et, au bout de quelques secondes, il afficha le même air fasciné en direction de Lucy. Vêtue d'un tailleur rose pâle de couturier londonien et chaussée de talons hauts, elle offrait une image insolite dans ce poste avancé de la plaine guatémaltèque.

La veille, elle était montée à bord d'un avion à destination de Guatemala City, puis avait pris un vol intérieur pour Flores où elle avait passé la nuit dans un petit hôtel. Elle avait espéré y être attendue pour être conduite à l'hacienda Paez mais au lieu de cela, elle avait reçu un message lui indiquant qu'on viendrait la chercher au carrefour de San Angelita. Une fois que son vieux taxi tout brinquebalant avait quitté l'autoroute, le paysage était devenu de plus en plus aride et la route s'était rapidement transformée en une piste poussiéreuse. Ce voyage incroyablement long et pénible l'avait finalement menée à ce bar perdu au milieu de nulle part.

Une sensation d'épuisement, renforcée par l'envie d'un bon bain parfumé, tenaillait Lucy tandis que son inquiétude grandissait. Que se passerait-il si Fidelio se rendait compte qu'elle n'était pas Cindy ? Et si elle disait ou faisait quelque chose qui trahirait leur subterfuge ? La découverte de ce travestissement serait catastrophique. Un vieil homme malade n'avait pas besoin de soucis supplémentaires.

S'apercevant tout à coup que le brouhaha des hommes avait cessé devant le bar, Lucy leva les yeux. Un homme de haute stature, comme sorti d'un western spaghetti dans le rôle du bandit à l'allure désinvolte, se tenait dans l'encadrement de la porte, les bottes légèrement écartées. Intimidée par l'éclat du regard lancé sous le chapeau noir, Lucy tenta de se faire toute petite.

Le barman sortit précipitamment de derrière son comptoir et tendit une boisson fraîche au nouveau venu tandis que des salutations rompaient le silence empreint de respect.

L'homme vida le verre d'un trait, le rendit au barman et, en quelques enjambées, ponctuées d'un cliquetis d'éperons, gagna le coin où Lucy était assise.

— Lucinda Paez ? s'enquit-il d'une voix ferme.

Quelque peu agacée par la façon presque menaçante dont il la toisait, elle repoussa sa chaise et se tint debout devant lui. Mais, même debout, elle était plus petite que lui. Pour se donner une contenance, elle fixa la ligne de sa mâchoire carrée et s'éclaircit la gorge.

— Vous êtes venu me chercher ? demanda-t-elle faiblement. Je n'ai pas entendu de voiture.

— Peut-être parce que je suis arrivé à cheval.

Elle eut un petit rire forcé. Il plaisantait certainement. Personne ne serait venu à cheval la chercher avec ses bagages !

Rejetant son visage nimbé de blondeur en arrière et combattant sa timidité naturelle de toutes ses forces, Lucy demanda :

— Pourriez-vous me montrer des papiers d'identité, s'il vous plaît ?

— Je crains bien de ne pas en avoir à vous présenter. Je suis Joaquin Francisco Del Castillo et je n'ai pas l'habitude que qui que ce soit mette ma parole en doute !

Lucy tenta en vain de faire fi de cette arrogance.

— Eh bien moi, *señor* Del Castillo, je n'ai pas l'habitude de voyager avec des inconnus.

— *Es verdad* ? Vous avez pourtant rencontré Mario dans un bar de Los Angeles et partagé son lit le soir même. Cette certitude ne me dispose pas à penser que vous êtes une femme particulièrement farouche.

Lucy était clouée sur place, à la fois fascinée par ses lèvres aux contours sensuels et ébranlée par ces propos inattendus.

— Comment osez-vous ? murmura-t-elle. C'est totalement faux !

— Mario et moi avons grandi ensemble... Vous perdez donc votre temps à jouer ce jeu-là avec moi. Réservez-le à Fidelio ! Alors, vous venez... ou vous restez ici ?

— Je n'irai nulle part avec vous ! Ils n'ont qu'à envoyer quelqu'un d'autre de l'hacienda.

— Il n'y a personne d'autre, *señora* !

Et sur cette réponse sans appel, Joaquin Del Castillo tourna les talons et sortit d'un pas nonchalant.

Abasourdie par cette prise de contact, Lucy était raide comme une statue. Au bar, les hommes parlaient entre eux. Elle osa un regard dans leur direction, craignant que l'un d'eux ait pu comprendre suffisamment l'anglais pour suivre leur échange. Se ressaisissant, elle empoigna sa lourde valise et sortit. Joaquin Del Castillo l'attendait à l'extérieur.

— Vous êtes l'homme le plus grossier que je connaisse ! lui lança Lucy en le regardant à peine. Ne m'adressez plus la parole, sauf en cas de nécessité absolue.

— Vous ne pouvez pas emporter cette valise !

Avant qu'elle ait eu le temps de protester, il s'en était saisi avec aisance et l'avait ouverte à même la poussière.

— Mais qu'est-ce que vous faites ? s'enquit-elle, gardant avec de plus en plus de difficulté l'attitude de froide dignité qu'elle s'était composée.

— Le trajet est long et je ne tiens pas à le prolonger. Prenez le strict nécessaire et je le mettrai dans ces sacs. Le tenancier du bar gardera votre valise jusqu'à votre retour.

— Combien de temps mettrons-nous pour arriver à destination ? Est-il indispensable d'y aller à cheval ?

— Oui, dans la mesure où Fidelio a vendu son camion. Bon, pressons-nous. Dans quelques heures, il fera nuit et je vous suggère de mettre une tenue plus appropriée pour le voyage.

Ainsi, Fidelio avait vendu son véhicule ? Voilà qui était bien étrange. Enfin, peut-être avait-il ses raisons...

Lucy poussa un profond soupir. A sa déception de ne pas pouvoir faire le trajet jusqu'à l'hacienda de Fidelio dans des conditions normales s'ajoutait une appréhension due à tout autre chose.

— Il faut que je vous dise, je ne sais pas monter à cheval...

Les larges épaules moulées dans une chemise de fin coton noir se haussèrent en un geste à la fois fataliste et agacé. Joaquin repoussa le bord de son chapeau et la toisa sans manifester aucune compassion. Pour la première fois, le soleil éclaira ses traits.

Lucy en eut le souffle coupé. Il était si incroyablement séduisant qu'elle ne pouvait détourner le regard. Ses yeux, d'un vert très clair, contrastaient totalement avec son visage sombre. Il avait des pommettes hautes et fières, un nez bien droit. Quant à sa bouche, elle exprimait une sensualité virile. Il était si beau qu'elle en restait muette.

Lucy se sentit soudain embarrassée : elle était censée choisir des vêtements dans sa valise. Qu'est-ce qui lui avait pris de le dévisager comme une adolescente frappée par la foudre ?

— Je ne sais pas monter à cheval, répéta-t-elle doucement.

— Cette jument est très calme, annonça-t-il d'une voix légèrement éraillée.

Les mains de Lucy tremblaient tandis qu'elle passait en revue fébrilement les vêtements de grand couturier que lui avait prêtés sa jumelle. Joaquin l'observait en silence. Il avait des allures de star de cinéma mais, de prime abord, les manières d'un paysan. Il n'avait probablement rien connu d'autre, né et élevé qu'il avait été dans ce coin perdu, entouré de bêtes et de végétaux, se dit-elle pour se donner du courage. Elle sortit un short en coton bleu pâle et un haut brodé qui cacheraient peu de son anatomie — malheureusement, c'étaient les seuls vêtements informels que Cindy avait accepté qu'elle emporte.

— Je ne peux pas me changer sans un minimum d'intimité, annonça-t-elle à Joaquin.

— Vous n'êtes pas spécialement réservée... alors pourquoi faire semblant ? Il n'y avait pas deux mois que Mario était mort que vous montriez tout ce que vous aviez à montrer dans un magazine masculin !

Lucy ferma les yeux, touchée par ce nouveau coup. Elle savait si peu de la vie de sa jumelle au cours des années où elles avaient été séparées ! Et cet homme troublant semblait prendre plaisir à proférer des allégations offensantes sur cette dernière.

— Je croyais vous avoir demandé de ne m'adresser la parole que si c'était absolument nécessaire, lui rappela Lucy sur le même ton glacial qu'elle aurait utilisé pour réprimander un enfant très mal élevé dans la bibliothèque où elle avait travaillé autrefois.

Quelques minutes plus tard, elle refit son apparition, après s'être changée discrètement derrière le bar. Sa chevelure retombait en cascades sur ses épaules et elle sentait des gouttelettes perler sur sa nuque et dans son décolleté.

Alors Joaquin Del Castillo lui lança un regard appuyé – pas du tout celui qu'elle avait l'habitude de recevoir de la part des Londoniens. Dépourvue de l'assurance de sa sœur, elle baissa les yeux et fronça les sourcils en découvrant que sa valise avait disparu.

— Où est ma valise ?

Sans lui donner le temps de réagir, Joaquin vint déposer un poncho de laine rugueuse sur ses épaules.

— Mais qu'est-ce que vous faites ? protesta-t-elle. Qu'est-il arrivé à ma valise ?

Ignorant superbement ses propos, Joaquin Del Castillo lui planta un chapeau de paille sur la tête.

— Je l'ai refermée pour vous. Allez, venez, nous n'avons plus de temps à perdre !

Sans raison apparente, le bar se vida à ce moment précis. La horde de *caballeros* se trouva juste à point pour voir une Lucy récalcitrante conduite par Joaquin auprès de la jument racée attachée à la rambarde.

— Vous vous saisissez des rênes, vous placez votre pied gauche dans l'étrier et vous vous haussez jusqu'à la selle, conseilla-t-il sobrement.

Lucy serra les dents. Des rires étouffés résonnaient dans son dos. Plantant son pied dans l'étrier, elle se souleva par la seule force de sa volonté mais ne leva pas son autre jambe suffisamment haut et au même moment, la jument bougea. Déséquilibrée, elle tomba rudement à terre.

Une main puissante l'aida à se relever.

— Vous avez besoin d'aide, *señora* ?

L'ironie affleurait sous le ton de miel. Lucy se sentit submergée par un accès de rage inaccoutumé. Elle dégagea ses doigts de son étreinte condescendante.

— J'y serais parvenue si ce fichu cheval n'avait pas bougé ! Et je réussirai sans votre aide quoi qu'il m'en coûte... alors reculez et ricanez avec vos amis puisqu'il est évident que c'est tout ce dont vous êtes capable !

Se saisissant des rênes de nouveau, elle se sentait tellement piquée au vif qu'il lui sembla qu'elle pourrait surmonter n'importe quel obstacle. Quelques secondes plus tard, elle regardait la terre de haut.

— Je vais attacher des rênes de guidage à la jument. Vous ne courrez aucun danger, affirma Joaquin Del Castillo d'un ton neutre.

Elle esquiva un mouvement de surprise. Manifestement, sa réaction l'avait offensé. Elle s'en félicita. Car elle avait beau se sentir un peu coupable de s'être montrée aussi dure avec un inconnu, il avait bien mérité la gifle virtuelle qu'elle lui avait donnée en face de leur public désormais silencieux.

C'est le moment que choisit l'animal pour bouger de façon alarmante.

— Joaquin ? murmura Lucy à contrecœur mais de façon pressante. Le cheval bouge de nouveau.

— Essayez de ne pas vous raidir. Ça rendrait Chica nerveuse, répondit-il sur un ton égal.

— Comment voulez-vous que je ne sois pas nerveuse, perchée comme ça à deux mètres du sol ? lui demanda-t-elle avant de regretter ses paroles.

— Je vous promets qu'il ne vous arrivera rien de mal.

Dans un silence tendu, elle le regarda harnacher avec des rênes de guidage l'étalon noir qui remuait fougueusement ses sabots à quelques mètres de là.

— J'espère que vous savez contrôler ce monstre... J'espère qu'il ne va pas partir au galop avec vous sur son dos.

— Aucun cheval n'est parti avec moi sans que je le veuille, *señora*, affirma Joaquin Del Castillo d'un ton tranchant.

Et même si cela avait été le cas, il ne l'aurait certainement jamais admis, pensa Lucy en son for intérieur. Joaquin Del Castillo était d'une race d'hommes qui lui était inconnue. Un tempérament bien trempé, autoritaire et pétri de fierté.

Mais pourquoi était-il si hostile et si inflexible ? Après tout, elle était venue rendre visite à Fidelio comme il l'avait souhaité. Et même s'il l'ignorait, il pouvait remercier sa bonne étoile qu'elle ne soit pas Cindy ! Sa jumelle serait déjà en route pour l'aéroport à l'heure qu'il était.

— Comment va Fidelio ? demanda Lucy tout à coup.

Joaquin lui lança un regard peu amène.

— Vous vous souvenez de lui finalement ?

Elle encaissa le reproche sans broncher.

— Il va aussi bien que possible compte tenu des circonstances.

Sur cette affirmation peu explicite, il se mit en selle, coupant court à toute autre interrogation.

Tandis que les chevaux quittaient lentement le petit groupe de baraquements, Lucy concentra son regard sur les larges épaules de son compagnon. Joaquin Del Castillo montait à cheval comme s'il faisait corps avec l'étalon. Lucy tenta de détendre ses propres muscles mais elle était terrifiée à l'idée de tomber.

— Moins vite ! lui cria-t-elle au bout de quelques minutes, tandis que l'espace qui les séparait grandissait et que ses hanches commençaient à tressauter de façon douloureuse sur la selle de cuir.

Il tira sur les rênes et se retourna.

— Qu'est-ce qui ne va pas ?

— Si je tombe et me casse une jambe, je ne serai pas d'une grande aide pour Fidelio, expliqua Lucy en faisant un effort pathétique pour sourire.

— La nuit sera bientôt là.

— Vous n'arrêtez pas de me le promettre, marmonna Lucy qui bouillait sous son poncho. J'ai vraiment hâte que ce fichu soleil se couche !

— Je suis vraiment navré que ce moyen de transport ne soit pas de votre goût, *señora.*

— Oh, mais appelez-moi donc Lucy, à la fin ! Cette façon formelle que vous avez de vous adresser à moi ne va pas avec celle dont vous me traitez !

Elle vit l'expression de Joaquin Del Castillo se durcir.

— Votre nom est Cindy. Pourquoi devrais-je vous appeler Lucy ?

Horrifiée par son lapsus, Lucy baissa la tête, soudain reconnaissante à ses parents d'avoir jugé bon d'appeler leurs jumelles Lucinda et Lucille.

— La plupart des gens m'appellent Lucy maintenant. Cindy, c'était quand j'étais adolescente, mentit-elle avec toute la conviction dont elle était capable.

— Lucinda, prononça-t-il avec application, et il pressa ses genoux sur les flancs de l'étalon.

Lucy fit de son mieux pour rester sur la jument à mesure qu'ils progressaient à travers la plaine aride. Ce désert semblait irréel. Le ciel et la terre baignaient dans une même chaleur qui l'enveloppait sans relâche. Pas d'habitation, pas âme qui vive, pas même le bétail qu'elle s'était attendue à rencontrer. Elle ne se sentait plus aucune énergie. Le fait même de rejeter son poncho, de lever un poignet et de regarder sa montre représentait un effort trop important.

— J'ai soif, réussit-elle à articuler péniblement.

— Il y a une gourde d'eau accrochée à votre selle, lui indiqua Joaquin par-dessus son épaule. Mais ne buvez pas trop, cela vous rendrait malade.

— Vous voulez bien me la passer? lui demanda Lucy d'une toute petite voix car elle commençait vraiment à se sentir le pire des boulets. Je n'aime pas regarder en bas. Cela me fait tourner la tête.

Joaquin Del Castillo fit faire demi-tour à son étalon, se pencha avec assurance dans le vide qui séparait leurs deux montures et détacha la flasque d'eau comme s'il s'agissait d'une acrobatie d'une simplicité enfantine.

L'attrapant d'une main et tenant les rênes de l'autre, Lucy laissa avec délectation l'eau couler dans sa gorge desséchée.

— Vous avez assez bu, lui intima Joaquin Del Castillo au bout de quelques secondes.

Lucy rendit la gourde docilement, s'essuya la bouche d'une main mal assurée et tomba tel un cygne mourant sur la crinière soyeuse de Chica. Proférant une imprécation en espagnol, Joaquin Del Castillo sauta à bas de sa monture et mit ses mains autour de sa taille.

— Allez, lâchez les rênes !

Surprise, Lucy décrispa ses doigts et se sentit soulevée dans des bras terriblement puissants.

— Mais qu'est-ce que vous... ?

— Vous allez monter avec moi sur *El Loba*, annonça-t-il en l'installant sur le large dos de l'étalon et en prenant place si rapidement derrière elle qu'elle n'eut même pas la possibilité de discuter.

Tandis qu'elle tentait de s'avancer pour échapper à la chaleur de ses cuisses musclées, une main solide la ramena contre lui.

— Restez tranquille..., dit-il avec impatience.

Troublée par ce nouveau contact intime de leurs corps, Lucy laissa échapper un profond soupir. Le parfum viril de cet homme l'enveloppait. Elle se sentait en sécurité dans ses bras.

Au fur et à mesure qu'elle se détendait, elle se sentait devenir étrangement alanguie. Les pointes douces de ses seins se durcirent, la remplissant d'une chaleur qui n'avait rien à voir avec les ardents rayons du soleil. Réalisant qu'elle réagissait, bien malgré elle, à la chaleur sensuelle de Joaquin Del Castillo, elle se crispa de nouveau.

— Détendez-vous, murmura-t-il en l'attirant doucement contre lui.

Elle n'avait jamais été aussi délicieusement consciente de quoi que ce soit que de cette main puissante posée juste sous sa poitrine.

— Vous me tenez trop serrée, se plaignit-elle doucement, troublée par l'effet qu'il avait sur elle.

— Vous ne courez aucun danger, affirma Joaquin Del Castillo. Je ne suis pas attiré par les femmes outrageusement maquillées, avec des cheveux décolorés et un bronzage artificiel.

Lucy eut l'impression de recevoir un seau d'eau froide.

— Vous êtes l'homme le plus désagréable que j'aie jamais rencontré, réussit-elle à dire. Et j'ai hâte de ne plus avoir affaire à vous. Quand arriverons-nous à l'hacienda de Fidelio ?

— Demain.

— Demain ?

Elle n'en croyait pas ses oreilles.

— Dans une heure nous installerons le bivouac.

Le bivouac ? Quel bivouac ? Terrifiée à l'idée de passer la nuit dehors, Lucy ravala une protestation avec la plus grande difficulté.

— Je pensais que nous devions arriver rapidement.

— Nous n'avons pas exactement conservé le tempo, *señora* !

Ils continuèrent à avancer en silence, et peu à peu le soleil devint une orbite de feu glissant sur l'horizon. Lucy était épuisée et à moitié endormie. Elle se sentit soulevée de la selle et déposée sur la terre ferme mais ses jambes ne la portaient plus.

Les basses terres guatémaltèques avaient paru infiniment moins vastes et impressionnantes sur la carte qu'elles ne l'étaient en réalité et, arrachée à la familiarité de la vie citadine et à la routine de sa vie sage, Lucy se sentait terriblement vulnérable. Sa jumelle avait parcouru le monde mais, en ce qui la concernait, c'était son premier voyage à l'étranger. La liberté avait été la seule chose que sa mère adorée mais possessive avait refusé de lui offrir.

Joaquin s'occupait des chevaux près d'un mince ruban de rivière et Lucy alla le retrouver. Elle le voyait comme au travers d'un halo d'épuisement, incapable de faire un pas de plus. Elle s'assit dans l'herbe.

— Vous devez avoir faim, lança-t-il.

Lucy fit non de la tête, trop exténuée pour répondre. Doucement, comme une poupée tombant avec grâce, elle s'étendit de tout son long.

— Fatiguée..., murmura-t-elle.

Il la surprit en étalant une couverture pour elle. Puis se penchant en avant, il la souleva dans ses bras et l'aida à s'y étendre.

— Alors, reposez-vous, dit-il d'une voix calme.

Joaquin Del Castillo était un homme pétri de contradictions fascinantes, songea Lucy en s'endormant. Farouchement fier et avec une constance glaciale dans son hostilité à son égard, cependant avec un sens de l'honneur tel qu'il faisait tout pour aplanir son inconfort.

Debout dans le contre-jour du coucher de soleil enflammé, il avait tout d'une ombre impressionnante.

— On dirait le diable, murmura-t-elle dans une tentative ensommeillée pour faire de l'humour.

— Je ne prendrai pas votre âme, *señora*... mais j'ai la ferme intention de vous enlever tout le reste...

Des mots vagues qui se perdirent dans le brouillard des pensées de Lucy. Des mots sans fondement, sans aucun sens. Avec un soupir muet de soulagement, elle sombra dans un lourd sommeil dénué de rêves.

2.

Lucy ouvrit doucement les yeux. La chaleur n'avait pas diminué avec la nuit tombée et pourtant Joaquin Del Castillo avait allumé un feu de bois qui crépitait encore. Progressivement, elle discerna mieux sa silhouette sombre derrière les flammes.

Tout à coup, un cri terrifiant déchira la nuit.

— Qu'est-ce que c'est ? demanda Lucy en frissonnant malgré elle.

— Un jaguar. Ils chassent la nuit.

Lucy se rapprocha du feu dont elle n'aurait plus songé à contester la nécessité. Son compagnon de bivouac lui tendit une timbale de café autour de laquelle elle plaça ses mains tremblantes. Elle avala quelques gorgées du breuvage avec gratitude.

— A quelle heure devrions-nous arriver à l'hacienda de Fidelio demain ?

Les traits d'une netteté irréprochable de Joaquin Del Castillo se durcirent dans la lumière vacillante. Son regard n'était plus qu'une fente claire.

— Nous y serons de très bonne heure.

— Je suppose que nous aurions pu y être ce soir si j'avais su monter à cheval…, murmura Lucy pour tenter de pacifier leurs relations.

Après tout, il avait envoyé les billets d'avion à ses frais. Or, il ne semblait pas particulièrement argenté, en dépit de la générosité de son geste. Fidelio avait la chance de pouvoir compter sur ce voisin au soutien indéfectible.

Joaquin répondit à sa tentative d'apaisement par un haussement d'épaules et lui tendit une assiette de haricots rouges. Elle grignota son repas, puis le silence commença à lui peser.

— Consentiriez-vous à présent à me dire comment va Fidelio ? s'enhardit-elle à lui demander.

— Vous jugerez de la situation bien assez tôt !

Son regard impénétrable l'inquiétait. Mais elle lutta contre ce sentiment. Après tout, l'éducation prodiguée par une mère qui se méfiait de tous les hommes ne prédisposait pas à conserver un jugement serein à l'encontre de l'un d'entre eux.

Lucy avait sept ans lorsque son père avait rencontré une autre femme et demandé le divorce. Cindy, qui avait toujours été sa préférée, avait très mal réagi à son départ. Dépassée par l'attitude de moins en moins contrôlable de sa fille, leur mère avait fait valoir qu'il était injuste qu'elle ait les deux enfants à charge. Finalement, Peter et Jane Fabian s'étaient partagé leurs jumelles un peu comme ils s'étaient partagé leurs meubles.

Cindy et son père étaient partis vivre en Ecosse où celui-ci avait monté une nouvelle affaire. Il s'était engagé à ce que ses filles puissent toujours se rendre visite mutuellement, mais cette promesse était restée lettre morte. Dévastée par l'abandon de son mari pour une femme plus jeune qu'elle, Jane Fabian s'était alors accrochée à la fille qui lui restait en la protégeant de toutes ses forces. Une relation sentimentale dans laquelle elle s'était brûlé les ailes avait achevé de renforcer ses préjugés contre les hommes. Les années d'adolescence de Lucy avaient donc été marquées par les discours enflammés de sa mère contre la gent masculine. Les innombrables restrictions qui découlaient de cette aversion avaient empêché Lucy d'avoir des amis. Et puis, au moment où elle avait décidé de mener une vie sociale plus conforme à ses aspirations, la santé de Jane Fabian s'était dégradée et l'emprisonnement de sa fille en dehors des heures de travail était devenu complet. Elle avait bien tenté de sortir occasionnellement, mais, face aux accusations de négligence d'une mère diminuée par la maladie, elle avait renoncé.

Cependant, sa pauvre sœur avait souffert beaucoup plus sous la coupe de son père se souvint Lucy, honteuse de s'être laissée aller à s'apitoyer sur elle-même. Lorsque la nouvelle affaire de celui-ci avait périclité et que sa petite amie l'avait quitté, Peter Fabian s'était transformé en ivrogne pathétique, constamment endetté et incapable de conserver un emploi.

Ramenant la couverture autour d'elle, Lucy s'allongea et regarda le ciel constellé d'étoiles. Elle pouvait bien supporter l'hostilité de Joaquin Del Castillo quelques heures encore. Après tout, il n'était qu'un personnage secondaire : elle était là pour Fidelio et, au lieu de craindre cette aventure au Guatemala, elle décida en s'endormant de s'enrichir des leçons de cette nouvelle expérience.

Lorsqu'elle s'éveilla, tout endolorie, le jour se levait et il faisait beaucoup plus frais. Elle se sentait plus mal que la veille et se rapprocha du feu qui crépitait encore.

Joaquin lui tendit une tasse de café noir et un morceau de pain. Lui-même resta debout pour manger, avec les gestes précis d'un homme pressé.

Lucy sentit tous ses muscles se raidir lorsqu'il l'aida à grimper sur Chica. Il n'y en avait plus pour longtemps ! se dit-elle pour se donner du courage, mais très rapidement elle sentit que la nuit n'avait pas été réparatrice et chacun des pas de l'animal augmentait sa souffrance.

Lorsque la jument marqua un brusque temps d'arrêt, Lucy murmura sans même lever la tête :

— Pourquoi nous arrêtons-nous ?

Joaquin la prit dans ses bras pour la faire descendre. L'espace d'un instant, elle eut la sensation d'un contact étroit avec le corps du *caballero*. Son parfum chaleureux l'envoûta. Lorsqu'il la reposa délicatement sur le sol, sa poitrine effleura son torse et elle ressentit un trouble inhabituel.

Deux mains fermes se posèrent sur ses épaules crispées et la firent pivoter sur elle-même. Elle ne put réprimer un mouvement de surprise au spectacle qu'elle découvrit. Une pauvre petite maison aux murs peints à la chaux s'élevait à quelques mètres de là. Une palissade affaissée accentuait l'impression d'abandon qui s'en dégageait.

— Où sommes-nous ? murmura-t-elle dans un souffle.

— Voici l'hacienda de Fidelio, *señora*. J'espère sincèrement que vous apprécierez votre séjour ici ! annonça Joaquin en la dévisageant sans aménité.

— Cette maison… cette maison est l'hacienda de Fidelio ? demanda Lucy d'un ton hésitant, sans quitter la masure des yeux.

— Vous vous attendiez sans aucun doute à un logement plus luxueux !

Un sentiment de honte s'empara de Lucy. Le beau-père de Cindy était un vieil homme seul et malade et avait manifestement perdu de sa grandeur au cours des cinq dernières années. Il traversait sans aucun doute des temps plus que difficiles. A présent, elle comprenait très bien pourquoi Joaquin Del Castillo avait pris sur lui d'envoyer ces billets d'avion. Il était évident que le beau-père de Cindy n'aurait pu se permettre une telle largesse.

— Je parie que cette humble demeure représente une bien désagréable surprise pour vous, *señora*. Nous savons tous les deux que vous ne vous seriez pas donné la peine d'entreprendre ce voyage si vous n'aviez pas espéré gagner quelque chose en vous rendant au chevet d'un mourant, constata Joaquin Del Castillo avec dureté.

Il la regardait, tel un juge implacable, et instinctivement elle fit un pas en arrière.

— Mais de quoi parlez-vous ? Pourquoi ne rentrons-nous pas ? Je veux voir Fidelio…

Joaquin éclata d'un rire forcé.

— Heureusement pour lui, Fidelio n'est pas là.

Pas là ?

Lucy comprenait de moins en moins.

— Vous voulez dire qu'il a été conduit à l'hôpital ?

— Non ! Seuls les malades vont à l'hôpital, or, Fidelio n'est pas malade !

Un homme typé de petite taille sortit soudain de l'ombre de la véranda. Cette apparition acheva de la décontenancer.

— Mais qui est cet homme alors ?

— Il s'appelle Mateo et il travaille pour moi !

Sur ce, Joaquin alla saluer son employé. Un bref échange en espagnol eut lieu. Puis l'homme retourna dans l'ombre, sans daigner lancer un regard de curiosité en direction de Lucy.

Retournant à ses côtés, Joaquin ouvrit toute grande la porte endommagée de la petite maison.

— Fidelio ne gît pas du tout sur son lit de mort, confirma-t-il avec une satisfaction non dissimulée. Il travaille à quelques kilomètres d'ici et ne doute pas un instant que vous puissiez être ailleurs qu'en Angleterre à l'heure qu'il est.

— Je ne comprends pas…

— Et moi je peux comprendre votre surprise…

Posant une main de fer sur son épaule, il la guida à l'intérieur de la maison qui ne contenait que quelques meubles poussiéreux. Il était évident que cet endroit n'avait pas été habité depuis longtemps.

— Vous pensiez que vous vous en sortiriez encore en abusant de sa confiance. En fait, vous espériez vous enrichir davantage aux dépens de Fidelio !

— Je n'y comprends rien ! protesta Lucy avec l'énergie du désespoir.

— Alors, écoutez-moi bien, lui suggéra Joaquin avec douceur. J'ai pris l'initiative de vous amener ici et vous y resterez aussi longtemps que je le déciderai.

Sentant sa tête lui tourner, Lucy s'assit sur une chaise rustique.

— Fidelio n'est pas là, répéta-t-elle en tremblant. Et il n'est pas malade… et vous décrétez que vous avez l'intention de me garder ici… mais qu'est-ce que vous essayez de me dire ? Quelque chose a dû m'échapper, dit-elle en pressant une main affaiblie contre sa tempe.

— Vous avez parfaitement compris, au contraire. Mais il est naturel que vous ayez du mal à regarder la réalité en face : la poule aux œufs d'or a cessé de pondre, déclara-t-il d'une voix sombre. Et entre nous, ne doutez pas que si vos lettres dégoulinantes de suppliques pitoyables ont suffi à toucher le cœur de Fidelio, elles n'ont pas eu le même effet sur moi !

— Des lettres de suppliques ? s'étonna Lucy.

Joaquin Del Castillo se saisit de la petite boîte de bois qui se trouvait sur le rebord de la cheminée. Il l'ouvrit et la déposa sur la table branlante près de laquelle elle s'était assise.

— Voici vos lettres, *señora*. Dans chacune d'elles, vous évoquez votre pauvreté, votre terrible lutte pour survivre... quémandant désespérément une aide financière !

Comme si elle se débattait dans un cauchemar, Lucy tendit une main tremblante et se saisit d'une enveloppe, reconnaissant immédiatement l'écriture de sa sœur. Cindy ? Cindy, qui avait hérité d'une somme confortable à la mort de leur père lorsqu'elles avaient 19 ans ? Cindy qui dépensait sans compter, comme si demain n'existait pas ?

— Et pourtant, pendant toute cette période, vous meniez la grande vie, lui rappela Joaquin d'un ton sans appel.

— Qu'en savez-vous ?

Terriblement choquée par ce qu'elle entendait, Lucy luttait néanmoins pour reprendre ses esprits.

— J'ai fait faire les enquêtes nécessaires à Londres. Vous êtes propriétaire d'un appartement qui vaut un bon prix et vous avez fait régulièrement des voyages à l'étranger, rapporta Joaquin sans s'émouvoir. Vous avez mené un train de vie grandiose aux frais de Fidelio.

— Oh ! mon Dieu, murmura-t-elle en appréhendant avec horreur l'étendue des dommages causés au vieil homme.

Joaquin Del Castillo reprit son réquisitoire.

— Vos demandes constantes d'argent l'ont ruiné. Cette maison aurait dû être le havre de paix de la retraite de Fidelio. Avant que vous ne plongiez vos mains jusqu'au tréfonds de ses poches, il disposait des moyens pour l'aménager confortablement et y jouir d'un repos bien mérité. A cause de vous, il a été obligé de prendre un autre travail pour subvenir à ses besoins.

— Mais je croyais que Fidelio..., commença Lucy, ébranlée par ces révélations.

Le *caballero* se pencha alors vers elle et lui interdit tout mouvement en posant négligemment ses bras forts de chaque côté de la chaise. Ses yeux verts la fixaient sans ciller.

— Ne jouez pas ce petit jeu-là avec moi. Je ne suis pas d'un naturel très patient. Il n'y a pas eu de méprise. Vous feriez mieux d'admettre dès à présent qu'il n'y aura pas d'échappatoire facile à votre emprisonnement.

— Mon emprisonnement ? répéta Lucy faiblement en tentant de se soustraire à l'expression inflexible de son regard. Mon Dieu, seriez-vous en train de me menacer ?

— Vous resterez ici jusqu'à ce que vous vous décidiez à signer un accord vous engageant légalement à rembourser l'argent que vous avez indirectement volé à Fidelio, décréta Joaquin Del Castillo. En revanche, soyez tranquille, vous ne subirez aucune violence. Je ne me salirai pas les mains sur vous !

— Ces propos sont-ils destinés à me rassurer ? demanda-t-elle d'une voix tremblante, en se demandant pourquoi sa raison la trahissait.

Car, d'un côté, elle le craignait comme une prude jeune fille de l'époque victorienne et de l'autre, elle n'avait qu'une envie : se perdre dans ces magnifiques yeux verts.

— Oseriez-vous suggérer que j'userais de mon avantage physique contre une femme ? demanda Joaquin d'un air profondément offensé. Moi, un Del Castillo, m'abaisser à un acte si méprisable ?

Lucy l'observait en silence. Toute cette passion, cette fougue qu'il avait soigneusement contenues pendant toute la durée de leur chevauchée ! Ses efforts pour lui cacher son véritable tempérament devaient lui avoir coûté.

Il se redressa avec souplesse.

— Mateo restera dehors, uniquement pour assurer votre sécurité. Vous ne serez entourée que par des pâturages à perte de vue. Croyez-moi, c'est un paysage très inhospitalier pour ceux qui ne le connaissent pas.

— Vous ne pouvez pas me forcer à rester ici ! protesta Lucy.

Il ramassa un document posé sur la table et le lui tendit.

— Signez ici et vous pourrez repartir immédiatement. Tant que vous n'aurez pas signé, vous demeurerez ici.

Lucy lui arracha fébrilement le papier des mains. Heureusement, il était rédigé en anglais. Le parcourant jusqu'à la dernière ligne, elle tomba alors sur la mention d'une somme d'argent tellement importante qu'elle en eut un nouveau choc. Le document était une promesse de remboursement immédiat de l'intégralité de cette somme.

Lucy était glacée d'effroi. Que cet homme intraitable l'accepte ou non, il y avait bien eu une terrible méprise. Cindy avait cru sincèrement que son beau-père était riche et si elle lui avait réclamé de l'argent, c'était parce qu'elle était convaincue, à tort, que Fidelio Paez pouvait largement se permettre d'être si généreux.

Comment une telle somme pourrait-elle jamais être remboursée au vieil homme ?

Le petit appartement que Cindy avait acheté pour Lucy et leur défunte mère était déjà en vente, se souvint-elle. Mais même si elles en tiraient un bon prix, il ne couvrirait encore que la moitié de la dette contractée. Au surplus, Cindy était-elle complètement propriétaire de son appartement ? Et combien restait-il de son héritage ?

— Voulez-vous signer, *señora* ? lui demanda Joaquin Del Castillo avec douceur.

Lucy brûlait à présent de lui dire qu'il s'était trompé de personne. « Pas encore ! » l'admonesta une voix intérieure. Tout propos ou geste intempestifs seraient un acte de folie face à un homme qui s'était résolu à de telles extrémités pour piéger celle qu'il pensait être une profiteuse dépourvue de cœur.

Le protocole de remboursement qu'elle avait encore en mains avait été rédigé par un cabinet juridique réputé de la City. Elle se souvint que Joaquin Del Castillo avait admis avoir fait procéder à des enquêtes sur sa sœur. Toutes choses qui coûtaient beaucoup d'argent. Il portait également une montre qui ressemblait fort à une Rolex. Elle l'avait remarquée la veille mais avait supposé qu'il s'agissait d'une contrefaçon. Elle n'en était plus aussi sûre à présent. D'autant que les gauchos du bar miteux avaient fait preuve d'un respect non dissimulé à l'égard de Joaquin Del Castillo.

— Qui êtes-vous vraiment ? lui demanda-t-elle.

— Vous savez qui je suis, *señora*.

— Je ne connais que votre nom.

— Il n'est pas nécessaire que vous en sachiez plus, trancha Joaquin avec son autorité naturelle. Alors voulez-vous signer ce document, oui ou non ?

Lucy releva le menton et prononça d'une voix tremblante :

— Je ne signerai rien sous la contrainte.

— Dans ce cas, je repasserai vous voir la semaine prochaine pour savoir où vous en êtes, déclara Joaquin d'une voix de miel en tournant les talons.

— La semaine prochaine ? reprit-elle avec incrédulité. Je suppose que c'est une plaisanterie ?

Il se retourna avec une vivacité de félin.

— Pourquoi serais-je en train de plaisanter ?

— Vous ne pouvez sérieusement prétendre que vous avez l'intention de me laisser croupir ici jusqu'à la semaine prochaine !

— Et pourquoi pas ?

— Pourquoi pas ? Mais parce que je ne veux pas rester dans cette cahute et que vous n'avez aucun droit de m'y séquestrer... Je pourrais vous dénoncer à la police !

Lucy tentait désespérément de s'échapper, mais elle sentait ses jambes vaciller.

— Et de quel crime m'accuseriez-vous, *señora* ? rétorqua Joaquin en laissant libre cours à son ironie. Vous n'êtes même pas sur mes terres ! Vous êtes venue ici de votre plein gré et avez élu résidence chez votre beau-père. Quel rapport avec moi ?

Décontenancée par la subtilité de cette réponse et par la préméditation qu'elle impliquait, Lucy le regarda avec un désespoir grandissant.

— Je ne retrouverai jamais mon chemin jusqu'à San Angelita sans votre aide !

Joaquin haussa les épaules sans manifester l'ombre d'un remords.

— Et vous ne l'obtiendrez pas si vous ne signez pas ce document. A propos, lança-t-il en marquant une pause dans l'encadrement de la porte ouverte, ne perdez pas votre temps à essayer de suborner Mateo. Il ne parle pas anglais et, comme tous les amis de Fidelio, il est écœuré par votre attitude à l'égard de ce brave homme !

Prise de panique, Lucy se leva et le suivit.

— Je ne peux pas signer cet accord… Je ne dispose pas de tout cet argent. Il faut que nous en discutions. Il doit bien y avoir une autre façon de régler ce terrible malentendu !

Joaquin Del Castillo la toisa à travers la fente de ses yeux clairs qui éclairaient la régularité de ses traits sombres. Ses yeux la détaillaient de haut en bas. Tout à coup, il lui sembla que tout tournait autour d'elle. Son cœur battait à tout rompre et un incontrôlable sentiment d'excitation s'empara d'elle.

— Cette « autre façon » que vous évoquez serait naturellement la seule que vous connaissez, lâcha Joaquin, un sourire ironique au coin des lèvres. Le sexe est votre monnaie d'échange et je constate que vous ne considéreriez pas comme une punition le fait de vous allonger sous moi.

Lucy le regarda sans comprendre, mortifiée par l'insulte.

— Cet air de candeur et de fragilité toute féminine est remarquablement bien interprété… ou serait tout à fait convaincant si je n'avais pas toujours présent à l'esprit que vous avez été la maîtresse d'au moins deux riches hommes mariés !

— Comment osez-vous ? s'exclama Lucy, les joues en feu.

— Comme cela a dû vous être facile de faire croire à Mario qu'il avait trouvé l'amour de sa vie !

Cindy avait adoré Mario et avait été totalement dévastée par sa mort. Lucy fut indignée par les accusations de Joaquin et s'apprêtait à protester, mais il ne lui en laissa pas le temps.

— Je dois avouer qu'il y a un certain piquant à votre manque total de retenue. Vous ressemblez à une poupée délicate mais vous avez un tempérament de feu.

— Lâchez-moi, espèce de brute !

— *Claro* ! Je vois la femme que vous êtes à présent, murmura Joaquin Del Castillo sans la quitter des yeux. Et quelle tigresse vous devez être entre les draps… tout en morsures et griffures, et probablement insatiable !

Prête à déverser un torrent de propos indignés, Lucy s'arrêta net. Jamais auparavant aucun homme ne s'était adressé à elle en ces termes. Paradoxalement, il avait balayé sa colère. Elle se sentait plus fascinée qu'insultée par cette image à la fois troublante et erronée d'elle-même.

— Non !

— Le mot que vous devez utiliser avec moi est *si*… il signifie oui et j'aime à l'entendre, confia Joaquin Del Castillo d'une voix grave.

Il l'attira contre lui et la serra dans ses bras, la faisant frissonner de volupté.

— Dites-le-moi…

Lucy se sentait défaillir et n'avait plus la force de réfléchir.

— Non !

— Dites *si*, lui intima Joaquin, écrasant doucement sa poitrine frémissante sur son torse musclé, un bras puissant glissant le long de son dos pour épouser ses hanches et la tenir bien serrée contre lui.

— *Dios*… vous le direz parce que je le veux !

Son corps épousant le sien, elle se sentait emportée par un agréable sentiment d'abandon. Prise d'une brusque impulsion, elle leva la main et suivit le contour de ses pommettes. La peau bronzée de Joaquin était d'une douceur étonnante. Il baissa la tête et prit son index entre ses lèvres. Elle poussa un profond soupir. Son corps réagissait à ses caresses avec une sensualité qu'elle ne lui connaissait pas. L'expérience nouvelle d'un désir aussi intense annihilait toutes ses défenses.

— Dites-le, lui enjoignit Joaquin en relevant fièrement la tête.

— *Si*, articula Lucy sans même savoir ce qu'elle disait, ne luttant plus contre le flot des sensations qui montaient en elle.

Il s'empara de ses lèvres entrouvertes. Une excitation instinctive l'entraîna dans un tourbillon qui lui faisait tourner la tête. Les lèvres de Joaquin Del Castillo sur les siennes lui communiquaient une telle chaleur, une telle passion ! Elle ne parvenait pas à se rassasier de ce contact lorsqu'il murmura en l'écartant doucement de lui :

— Le visage d'un Botticelli, le cerveau d'une calculatrice et l'appétit sexuel d'une professionnelle... Cela me plairait de vous faire l'amour à même le sol... d'abuser de vous comme vous avez abusé de ce pauvre Mario. Mais je crois que je peux résister à cette tentation.

Lucy se sentait si terriblement frustrée qu'elle protesta presque. Il l'attira de nouveau vers elle. Incapable de comprendre comment elle s'était transformée en cette femme qu'elle ne connaissait pas dans les bras de Joaquin Del Castillo, elle chancela.

— Ne faites pas semblant d'être souffrante pour expliquer votre geste, prévint Joaquin avec détachement.

Lucy fit un effort pour se concentrer sur lui et remarqua alors que son pantalon serré ne cachait rien de l'état d'excitation très virile dans laquelle il se trouvait. Elle était si troublée par cette constatation que cela lui rappela qu'il avait suscité l'éveil de ses sens en faisant des choses terriblement indécentes à son doigt. Tout à coup, elle sentit un soulagement l'envahir à l'idée que ce baiser incroyable ne l'avait pas conduite à d'autres extrémités... Sa mère l'avait avertie que ce qu'une femme pensait désirer n'était pas si amusant une fois qu'elle l'obtenait effectivement. Elle n'avait pas de mal à le croire.

— Je ne me sens pas bien, confia Lucy tout en se demandant pourquoi sa peau lui paraissait encore en feu alors qu'il ne la touchait plus.

— Vous ne réussirez pas à me berner afin que je vous libère de votre prison ! l'avertit Joaquin. J'ai tout à fait l'intention de vous faire endurer les privations que vous avez réservées à Fidelio alors qu'il est normalement à l'âge où l'on arrête de travailler.

Elle n'était pas dans son assiette, voilà ce qui n'allait pas. Son mal de tête l'avait reprise et elle ne s'était même jamais sentie aussi mal. Avait-elle seulement rêvé que Joaquin Del Castillo l'avait embrassée ? Pourquoi l'aurait-il fait ?

— Les hommes ne représentent rien, les hommes sont des animaux, décréta Lucy, à demi-inconsciente, ne se rendant même pas compte qu'elle s'exprimait à voix haute. Vous en êtes un vibrant exemple… Je n'aurais jamais dû contredire Maman.

— *Madre de Dios* ! l'interrompit-il avec incrédulité. Qu'est-ce que… ?

Lucy poussa un gémissement, passant une main tremblante sur son front, tandis que ses jambes se dérobaient sous elle.

— Je me sens très mal…

Les bottes noires du *caballero* apparurent dans son champ de vision.

— Epargnez-moi votre jeu outrancier, *señora*, ça ne prend pas avec moi.

Lucy lutta pour se tenir bien droite. Mais, tandis que tout tournait autour d'elle et que les ténèbres l'enveloppaient complètement, elle s'évanouit.

3.

Lucy se réveilla avec l'impression de sortir d'un long et profond sommeil. Elle bougea la tête avec précaution et constata avec soulagement que l'étau s'était desserré. Mais avant qu'elle n'ouvre les yeux, un flot d'images lui revint en mémoire. Elle se souvenait du visage inquiet de Joaquin penché vers elle pour lui murmurer des paroles d'apaisement en espagnol tandis qu'elle luttait contre la fièvre.

Lorsqu'elle se décida enfin à ouvrir les yeux, elle se rendit compte qu'elle n'avait pas fait qu'imaginer la chambre somptueuse dans laquelle elle reposait depuis son évanouissement. Le soleil de l'après-midi illuminait les meubles d'un goût exquis et les magnifiques aquarelles qui ornaient les murs. Le luxe et le raffinement transparaissaient jusque dans la dentelle ornant le drap qui caressait sa peau. Tout à coup, elle repensa à Joaquin. Se trouvait-elle dans sa demeure ? Si tel était le cas, c'était assurément un homme très fortuné. Qui était-il donc ?

Une chose était sûre, en tout cas : elle n'avait jamais éprouvé une attirance aussi forte vis-à-vis d'aucun homme.

Lucy repoussa une fois de plus le souvenir décidément omniprésent de Joaquin Del Castillo et se carra contre les oreillers. Elle parcourut la chambre des yeux, à la recherche d'un téléphone, en vain. Il fallait pourtant qu'elle parle à Cindy. Elle se leva et s'observa dans l'un des miroirs qui décoraient la salle de bains. La chemise de nuit vert amande prêtée par sa jumelle était fort seyante. Elle épousait chacune des courbes de son corps — aucun rapport avec les sous-vêtements de coton qu'elle avait coutume de revêtir pour dormir !

L'effort qu'elle avait fourni pour se lever l'avait un peu étourdie. Elle se dirigea vers les fenêtres. La vue qui s'offrait à elle lui fit tourner la tête. Elle s'accrocha aux brocarts des rideaux pour ne pas tomber, ferma les yeux mais ne put effacer l'image de ces collines à perte de vue, couvertes d'une végétation tropicale luxuriante. Il lui semblait de nouveau entendre, mais en les identifiant cette fois, le chant des oiseaux exotiques qui lui étaient devenus vaguement familiers tandis qu'elle gisait inconsciente. Il n'était pas possible qu'un paysage aussi fantastique puisse exister à proximité de la pauvre petite maison de Fidelio Paez. Où se trouvait-elle donc ?

— Bienvenue dans l'endroit le plus ennuyeux de la planète ! lui lança une voix féminine derrière elle.

Lucy sursauta. Une toute jeune femme dont le visage à l'ovale parfait était encadré de lourds cheveux bruns l'examinait à distance. Sa robe courte à l'échancrure audacieuse ne pouvait être le fruit que de l'imagination d'un couturier ultrasophistiqué.

— Bienvenue à l'*Hacienda de Oro*, littéralement « la Maison de l'Or ». Le paradis des écologistes, la destination rêvée de tout archéologue… mais la mort lente pour une jeune fille branchée, précisa la visiteuse avec une moue boudeuse.

— La mort lente de la jeune fille branchée… ? répéta Lucy qui n'était pas certaine d'avoir bien entendu.

— Je suis Esperanza Del Castillo, la sœur de Joaquin.

Cette dernière semblait posséder tous les attributs de ces jeunes filles de bonne famille qui font la fête du soir au matin, continuellement photographiées, poursuivies par les paparazzi et enviées par des millions de lectrices.

— Vous parlez très bien anglais, constata Lucy, subjuguée par la beauté typée d'Esperanza.

La jeune Guatémaltèque corrobora avec insolence son intuition:

— Devinez où j'ai fait mes études !

Très probablement dans une école britannique, en effet, reconnut Lucy intérieurement.

— Où est située la maison où nous nous trouvons ?

— Toujours dans la même région du Guatemala, mais plus au sud.

— Alors comment suis-je arrivée ici ?

— Joaquin vous a fait venir par avion.

— Par avion ? Mais qui est donc votre famille ?

Esperanza écarquilla ses grands yeux noirs en feignant l'incrédulité, paraissant momentanément beaucoup plus jeune que les vingt et un ou vingt-deux ans que Lucy lui avait donnés.

— Vous l'ignorez vraiment ? Attendez-moi une seconde...

— Esperanza... Y a-t-il un téléphone que je pourrais utiliser ? se hâta-t-elle de demander avant que la sœur de Joaquin ne disparaisse.

Cette dernière jeta un regard surpris à l'emplacement vide à côté du lit.

— Ça alors ! Je ne vois pas pourquoi vous n'auriez pas droit au téléphone, concéda-t-elle avec compassion. Vous êtes peut-être la reine des comédiennes mais que Joaquin ait fait enlever le téléphone relève d'une grande cruauté. Je ne pourrais pas vivre sans téléphone !

Le visage de Lucy était devenu d'une pâleur mortelle.

— Vous êtes au courant... à propos de... ?

— Vous pensiez que je ne savais rien parce que je suis venue pour discuter avec vous ? En fait, je m'ennuie à mourir ici toute seule. Mais je suis au courant de ce que vous avez fait... et je trouve cela écœurant ! Fidelio est tellement adorable !

Esperanza ne s'attarda pas davantage.

Frappée au cœur par cette nouvelle condamnation sans appel et se sentant aussi faible qu'une poupée de chiffon, Lucy s'assit au bord du lit. Quelques minutes plus tard, Esperanza réapparut et déposa un magazine à son côté.

— Fidelio Paez a commencé à travailler pour ma famille quand il avait quinze ans, *señora*, lui raconta la jeune femme avec une froide dignité. Nous avions donné une grande soirée à l'occasion de son départ à la retraite. Imaginez notre tristesse quand nous avons appris que Fidelio était parti travailler pour un voisin parce qu'il avait honte de demander à Joaquin s'il pouvait continuer à travailler pour nous !

— Et ensuite Fidelio a expliqué à votre frère ce qui était advenu à ses économies, acheva Lucy avec résignation.

— Pas du tout ! Joaquin ignorait que vous aviez dépouillé Fidelio, rectifia Esperanza avec vivacité. Il a accompli un véritable travail de détective privé !

Lucy était atterrée.

— Et puisque nous abordons le sujet de mon frère, de grâce, arrêtez de vous ridiculiser par votre comportement envers lui !

Lucy redressa la tête sous le choc.

— A voir la façon dont vous vous comportiez lorsque vous étiez malade, j'ai tout d'abord cru que Joaquin avait amené sa maîtresse à la maison ! précisa la jeune femme avec une certaine indignation.

— Sa maîtresse ? balbutia Lucy, incrédule.

— Toutes les maîtresses de Joaquin ont été des étrangères telles que vous. Les femmes guatémaltèques ne couchent pas à droite et à gauche. Nous ne sommes pas si folles, conclut la brune beauté avec un air entendu.

— Et comment me suis-je comportée ? demanda Lucy en tentant de faire front.

— Bon, il est vrai que vous aviez la fièvre, mais vous n'arrêtiez pas de vous extasier sur les yeux de Joaquin et de lui demander de vous embrasser… Je peux vous dire que vous faisiez fi de toute dignité. J'en avais honte pour vous !

Lucy piqua un fard.

Esperanza se rapprocha alors de sa victime et fronça les sourcils d'un air surpris.

— Vous savez quoi, votre attitude ne colle pas avec votre personnage ! Vous avez l'air si perturbée !

Lucy se mordit la lèvre.

— C'est parce que j'ai été malade.

— Non, vous vous êtes entichée de mon frère pour de bon, répliqua la jeune fille sans pitié. J'ai des problèmes mais je ne suis pas la seule, Lucy !

Sur ces mots, Esperanza s'en fut. Lucy se saisit du magazine qu'elle lui avait laissé. Ses mains tremblaient et elle se sentait encore très faible. Mais pire que tout, elle se sentait humiliée. Une comédienne qui s'était rendue ridicule ? Manifestement, la fièvre l'avait fait délirer.

La couverture du magazine montrait une photo de Joaquin sortant d'une limousine, accompagné d'une superbe créature. Lucy lut l'article qui leur était consacré. Il s'agissait d'un magazine américain dédié à la description de la vie des gens riches et célèbres. En effet, Joaquin Del Castillo semblait posséder plusieurs propriétés protégées derrières de hauts murs et de larges grilles à travers le monde. Il était décrit à différentes reprises comme « l'industriel milliardaire » ou le « play-boy assagi » qui passait désormais la plupart de son temps à conseiller différents gouvernements en matière d'écologie. Il avait trente ans, était célibataire, et changeait de compagne comme de chemise. Son défunt père ne s'était marié pour la première fois qu'à l'âge de soixante ans et il y avait de fortes présomptions que Joaquin ne dérogerait pas à la tradition.

Lucy referma le magazine. Ainsi, un séduisant milliardaire l'avait embrassée. Tentant de lutter contre son esprit rebelle qui refusait de se concentrer sur l'essentiel, elle se rendit compte avec effroi du pouvoir potentiel dont disposait Joaquin. Cindy s'était fait un ennemi de taille !

Incapable de s'aventurer hors de la chambre à présent, Lucy se remit au lit, cherchant à étouffer ses craintes dans la fraîcheur des draps.

— Lucy ?

Même dans un demi-sommeil, chaque fibre de son corps aurait reconnu la voix de Joaquin. Personne n'avait encore prononcé son nom avec une telle sensualité. Ses yeux fermés constituaient un rempart contre l'émotion que cette voix rauque suscitait en elle.

— Allez-vous-en ! murmura-t-elle pour se préserver encore.

— Lucy, réveillez-vous…

Lucy ouvrit les yeux avec réticence. Joaquin se tenait debout au pied de son lit. Même dans la lumière tamisée, sa chevelure de jais reflétait toute sa vitalité et ses magnifiques yeux verts la fascinaient. Lucy s'était habituée à l'extraordinaire séduction de Joaquin. A chaque accès de fièvre, elle l'avait trouvé à son chevet lorsqu'elle avait repris conscience.

Elle ne put réprimer un soupir. Puis, prenant tout à coup conscience du silence qui régnait dans la pièce, elle leva les yeux et suivit la direction du regard intense de Joaquin. Les contours de sa poitrine mis en valeur par sa chemise de nuit semblaient captiver l'attention de son compagnon. Prenant conscience de cette provocation involontaire, Lucy tira le drap sur sa silhouette à peine vêtue.

Joaquin rejeta fièrement la tête en arrière et continua à la regarder sans manifester la moindre émotion. Néanmoins, ses lèvres sensuelles avaient pris une expression moqueuse.

— Je constate avec plaisir que vous vous sentez beaucoup mieux.

Mais Lucy ne souhaitait pas le laisser mener la conversation sur ce terrain.

— Voudriez-vous me dire où je me trouve exactement ?

— Dans une des chambres réservées à mes invités, lui répondit Joaquin, toujours aussi flegmatique. Cela fait trois jours que vous êtes malade.

— Ah… Mais vous portez un costume ! fit remarquer Lucy en avisant le vêtement bien coupé qui habillait son corps d'athlète. Et vous avez un air si distant…

Elle ne pouvait s'empêcher de constater le contraste entre l'inquiétude qu'elle avait perçue au cours des derniers jours et l'attitude glaciale qu'il affichait désormais.

— Laissez-moi plutôt vous dire ce que j'ai sur le cœur, *señora*, déclara-t-il tandis que sa froideur affichée montrait un premier signe de fissure. Je réprime un désir presque insurmontable de tirer votre corps gracile de ce lit confortable pour vous faire trimer, comme vous le méritez !

Cette mise au point arracha enfin Lucy à ses rêves.

— Cela me pèse de vous traiter avec les égards dus à une convalescente, continua Joaquin. Cependant, si j'avais su que vous étiez aussi fragile que votre mince silhouette l'indiquait, j'aurais fait en sorte de rendre moins pénible le voyage que vous avez subi pour parvenir jusqu'à la maison de Fidelio.

Lucy nota qu'il avait l'art d'admettre qu'il l'avait soumise à une épreuve qu'il aurait pu facilement lui éviter, sans s'excuser pour autant.

— Souhaitez-vous que je contacte votre fiancé pour l'informer que vous avez été malade ? s'enquit-il avec détachement.

Lucy ne comprit pas tout de suite.

— Mais je n'ai pas de fiancé...

Joaquin se raidit, puis la scruta avec ironie.

— Ainsi, vous avez rompu avec Roger Harkness ! J'aurais dû m'en douter. Pourquoi une femme avec des goûts immodérés tels que les vôtres aurait-elle choisi d'épouser un simple comptable ?

Se souvenant trop tard qu'elle était supposée être Cindy, Lucy ne savait comment se défendre :

— Je, je...

— *Dios*... ainsi, vous ne faisiez que vous amuser avec Harkness en attendant le riche soupirant suivant ! conclut-il avec un dédain non dissimulé. Vous m'avez privé du plaisir de lui révéler votre véritable identité car aucun homme ne devrait prendre une épouse telle que vous sans être prévenu de ce qui l'attend !

Il fut interrompu par des éclats de voix en espagnol. Une petite femme à l'allure solide et aux cheveux gris était entrée dans la chambre. Elle mit un thermomètre dans la bouche de Lucy non sans lancer un regard de reproche à son employeur.

L'effort immense de Joaquin pour ravaler sa colère n'échappa pas à Lucy. Inclinant la tête, il prit congé rapidement.

— Nous discuterons de nouveau de cette question lorsque vous irez mieux.

Lucy se sentit revivre et reposa sa tête contre les oreillers. Une heure plus tard, tandis qu'elle dînait d'un plateau recouvert d'exquise porcelaine, de cristal et d'argent massif, elle comprit parfaitement le sentiment d'injustice qu'éprouvait Joaquin Del Castillo.

Il l'avait fait venir au Guatemala pour la confronter à ses responsabilités et la punir. Il avait eu l'intention de la forcer à signer ce protocole de remboursement en la confinant dans la maison isolée de Fidelio. Et voilà qu'à présent elle reposait entre des draps qui sentaient bon la lavande et était servie comme une princesse.

Elle devait absolument mettre la main sur un téléphone et appeler Cindy de toute urgence. « Aucun homme ne devrait prendre une épouse telle que vous sans être informé de ce qui l'attend. » Cette affirmation constituait une menace potentielle pour sa sœur dont le mariage n'était prévu que dans quelques semaines et Joaquin devait certainement en connaître la date. Le fait qu'il continuait à croire qu'elle était Cindy et qu'elle n'avait plus l'intention de se marier constituait pour l'instant la seule protection de sa jumelle contre la vengeance de Joaquin.

Elle se leva avec détermination. Il était plus de 10 heures du soir. Avec un peu de chance, tous les habitants de la maison se trouveraient à l'étage inférieur. Elle se saisit de sa robe de chambre et s'engagea dans un couloir bien éclairé dont le sol était habillé d'un parquet luisant recouvert à intervalles réguliers de superbes tapis. Elle passa avec anxiété devant des portes closes.

La maison était immense. Au bout du couloir, elle se retrouva dans une galerie au plafond très haut à travers laquelle elle entendit l'écho distant de voix, puis de pas rapides traversant le hall qui, supposa-t-elle, devait se trouver au-dessous. Elle avisa tout à coup une porte entrouverte. Sur la pointe des pieds, elle s'approcha, et n'entendant aucun son, en poussa doucement le battant.

La chambre dans laquelle elle pénétra était encore plus grande que la sienne. Elle était vide et Lucy vérifia rapidement la présence d'un téléphone avant de refermer la porte derrière elle. Rôder comme un voleur n'était pas dans sa nature et son cœur battait si vite qu'elle avait l'impression qu'il résonnait à travers toute la pièce. Elle alluma la lampe placée derrière le téléphone.

Elle composa rapidement le numéro de sa sœur en priant que celle-ci soit bien chez elle. Dès qu'elle entendit la voix de sa jumelle, Cindy lui lança gaiement :

— Alors comme ça, tu t'amuses tellement que tu n'as pas encore eu le temps de m'appeler !

— Si seulement c'était le cas ! chuchota Lucy. Je me trouve dans une situation vraiment grave, Cindy.

Aussi brièvement que possible, elle exposa à sa jumelle la position désastreuse de son beau-père, Fidelio Paez.

Le dialogue était très difficile. Cindy n'arrêtait pas de l'interrompre, tout d'abord incrédule puis gagnée par un certain ressentiment.

— Mario m'avait montré la photo d'une hacienda incroyable… et il séjournait dans un hôtel cinq étoiles lorsque nous nous sommes rencontrés. Ainsi il m'a menti… Tu crois qu'il m'a caché délibérément la vérité à propos de sa famille ?

— Ecoute, je ne sais rien sur ce point, admit Lucy, la mort dans l'âme.

Tandis qu'elle répétait de nouveau les faits tels que Joaquin les lui avait présentés, le choc d'une telle révélation souffla une réponse abrupte à Cindy.

— Si Fidelio ne pouvait se permettre de me donner tout cet argent, il n'avait qu'à pas me l'envoyer.

— Cindy, écoute… Joaquin Del Castillo veut que ces fonds soient rendus au vieil homme. Si tout va bien, tu devrais bientôt toucher les fruits de la vente de l'appartement que tu avais acheté pour maman et moi, affirma Lucy, comme pour se rassurer elle-même. Et reste-t-il quelque chose de cette assurance que tu as touchée à la mort de papa ?

— Je n'en sais rien… Est-ce que je suis supposée me ruiner à cause de cette histoire de fou ? demanda Cindy, rongée par l'angoisse.

— Il faut tâcher de rendre à Fidelio le maximum de ce qu'il t'a fait parvenir.

— Mais je n'ai pas volé cet argent, pas plus que je ne l'ai emprunté ! Je l'ai demandé, c'est vrai, et Fidelio me l'a donné. S'il est fauché à présent, j'en suis désolée, mais pas responsable pour autant !

— Cindy…

— Ce Del Castillo t'a réellement fait peur, pas vrai ? Eh bien, ne lui parle pas de la vente de l'appartement, parce que Roger a l'intention d'acheter une maison avec cette somme. Je ne peux tout de même pas lui raconter cette histoire à dormir debout… tu m'entends, je ne peux pas !

— Ce n'est pas une histoire à dormir debout, Cindy. Joaquin Del Castillo est un homme très riche et puissant et je ne pense pas qu'il va abandonner la partie…

— S'il est tellement riche, il n'a qu'à donner cet argent à Fidelio ! s'emporta Cindy. Sinon, à quoi bon avoir autant d'argent ?

Puis, à la grande surprise de Lucy, sa jumelle fondit en larmes. Peut-être que pleurer lui ferait du bien, songea-t-elle. Pourtant, elle ne pouvait s'empêcher d'être déçue par la réponse de Cindy. Elle avait sans doute été bien naïve de s'attendre à une autre réaction de la part de sa jumelle. Cindy avait reçu un choc en découvrant la véritable position sociale de Fidelio Paez car elle avait sincèrement cru à l'immense richesse de son beau-père. Et si elle devait maintenant reconstituer les économies de Fidelio, il faudrait qu'elle renonce au confort dans lequel elle vivait depuis des années – sans compter qu'elle ne pouvait espérer réussir à cacher ce changement de situation à l'homme qu'elle s'apprêtait à épouser.

Roger, inflexible et droit, Roger qui avait tendance à donner à sa fiancée des leçons sur sa façon de gérer son argent. Roger qui ignorait tout de certains aspects de la vie antérieure de Cindy. Mon Dieu, quel terrible gâchis, songea Lucy en prenant la mesure de la situation dans laquelle s'était mise sa jumelle. Pas étonnant que Cindy panique ! Comment Roger prendrait-il cette terrible affaire qui éclatait juste avant leur mariage ?

Tandis que Lucy réalisait ce que devait être à présent la peur la plus profonde de sa sœur, celle-ci se manifesta de nouveau avec des sanglots dans la voix.

— Lucy… Qu'est-ce que je vais devenir ?

Cette dernière tenta de l'apaiser comme elle put :

— Nous allons découvrir un moyen. Je trouverai un travail et t'aiderai…

— Après mon mariage ! l'interrompit Cindy. Promets-moi que tu vas rendre ce Del Castillo inoffensif jusqu'à ce moment-là !

Lucy ne s'était pas attendue à une telle demande.

— Mais, Cindy…

— Roger va me laisser tomber si je lui raconte tout maintenant… et quel homme ne le ferait pas ? Je viens de passer du statut de bon parti à celui de criblée de dettes et, si j'étais Roger, je m'enfuirais en courant !

Cindy sanglotait tant et plus, son désespoir croissant.

— Promets-le-moi, Lucy, je t'en prie !…

En dépit des nombreux écueils qu'elle voyait dans cette attitude mensongère, Lucy finit par acquiescer.

— Quoi qu'il arrive, ne me rappelle pas ! l'adjura Cindy. Ah oui ! et puis, quoi que tu fasses, ne signe pas cet accord de remboursement en mon nom ! Il ne manque pas d'audace d'exiger que je lui reverse l'intégralité de cette somme ! Le mieux que je puisse faire, c'est de lui proposer un plan de remboursement sur 10 ans, conclut Cindy amèrement.

— Je vais essayer de trouver une solution…

— Mais ne prends pas le moindre risque que Del Castillo découvre notre supercherie, supplia sa sœur. Et si tu ne réussis pas à revenir à temps pour mon mariage, ne t'inquiète pas… tant que mon époux sera présent, tout ira bien pour moi !

Et leur conversation s'arrêta là.

Lucy était en train d'inspirer profondément lorsque la porte de la chambre s'ouvrit. Elle se coucha à même le sol, partiellement étendue sous le lit, et se dissimula sous le couvre-lit en satin qui tombait jusqu'au sol.

En entendant la voix terriblement familière de Joaquin répondre à une question que lui posait elle ne savait qui, une inquiétude s'empara d'elle. Cherchant désespérément un autre endroit où se cacher, elle entendit la porte se refermer et retint son souffle.

Un téléphone se mit à sonner. Pas celui situé près du lit, mais un portable. Joaquin répondit impérieusement. Lucy comprit alors qu'elle se trouvait dans la chambre de celui-ci ! Avec un peu de chance, peut-être retournerait-il en bas. Il ne pouvait pas se coucher avant 11 heures du soir, tout de même !

Elle entendit le bruit de vêtements glissant sur le sol et se raidit. Il était en train de se déshabiller ! Mais tant qu'elle avait la plus petite chance de sortir sans être remarquée, Lucy préférait rester où elle était. Comment sortir maintenant de sa cachette et présenter une excuse valable à sa présence dans cette pièce ? Une autre porte s'ouvrit. Une autre lumière fut allumée. Son espoir de s'évader sans être remarquée grandit. Il se trouvait dans la salle de bains ! Juste au moment où Lucy était sur le point de s'esquiver et de recouvrer la liberté, une voix s'éleva tout près d'elle.

— Vous avez l'intention de me rejoindre sous la douche ?

4.

Sous le choc de cette invitation sans ambiguïté, Lucy se figea sur place. Ainsi, tout le temps où elle était restée allongée sur le sol, Joaquin Del Castillo avait été pleinement conscient de sa présence !

Doucement, elle releva la tête et souhaita être soustraite aux yeux de Joaquin. Elle était à ses pieds, en chemise de nuit, dans sa chambre ! Elle regardait sa chemise en lin blanc ouverte sur sa peau bronzée qui ne cachait rien de sa puissante musculature.

— Même de la porte, je peux voir de l'autre côté du lit, *querida*. Et sans difficulté.

Peut-être que sa proposition de partager une douche avec lui était une plaisanterie courante en Amérique centrale, songea Lucy, ne se résignant pas à admettre qu'il ait pu être sérieux une seconde.

Joaquin se pencha pour l'aider à se relever et ce faisant, planta son regard émeraude dans le sien. Il lui fit l'effet d'une décharge électrique. Elle n'était plus en mesure d'imaginer une excuse valable pour expliquer sa présence dans cette chambre.

Il prononça son nom plusieurs fois en suivant délicatement de la main les contours de son visage.

Elle se sentait défaillir. Mais, cette fois, elle savait à quoi s'en tenir.

— Ne me dites pas que vous avez perdu toute votre audace, murmura Joaquin tandis que ses yeux la scrutaient sans merci.

A son tour, Lucy ne pouvait qu'admirer chaque détail de son visage. Ses pommettes qui donnaient tant de fierté à ses traits réguliers, sa mâchoire résolue et sa bouche merveilleusement sensuelle. « Vous vous êtes entichée de mon frère » avait dit Esperanza, et Lucy dut enfin admettre à quel point la sœur de Joaquin avait vu juste.

— Ce n'est pas ça, je…

Joaquin lui lança un regard ironique.

— Vous ne m'attendiez pas si tôt, pas vrai ?

Cherchant désespérément à se libérer de l'emprise sensuelle qu'il avait sur elle, Lucy tenta de recouvrer ses esprits. Mais elle ne voyait pas quoi répondre.

— *No importa…*, murmura-t-il.

Leurs regards se croisèrent de nouveau et elle sentit son cœur s'emballer. Sa raison lui recommandait de s'éloigner, mais la tension qui régnait entre eux était la sensation la plus enivrante qu'elle avait jamais éprouvée. Il était si proche d'elle que son chaud parfum lui faisait perdre la tête et la remplissait d'un désir qui la laissait sans force.

Le silence était devenu presque insupportable.

Les yeux de Joaquin n'étaient plus qu'une fente claire. Levant la main, il tira doucement sur les bretelles qui retenaient sa chemise de nuit. Il fit cela avec tant de naturel qu'elle ne réagit pas lorsqu'il fit glisser l'étoffe fine à ses pieds.

— Joaquin, mais qu'est-ce que vous… ? commença-t-elle.

Pour toute réponse, il lui sourit d'un air vainqueur. Posant ses mains sur ses épaules, il baissa la tête. Il allait l'embrasser… et c'était la seule chose qui comptait pour elle pour l'instant ! La dernière fois qu'il l'avait embrassée, elle souffrait de la fièvre. Et depuis lors, elle n'avait cessé de se demander si la réalité était à la hauteur de ses souvenirs.

Joaquin s'assit au bord du lit et l'attira contre lui. Une petite voix intérieure prévint Lucy du danger.

— Non, ça n'est pas ce que… comment dire…, bredouilla-t-elle.

Complètement insensible à ses faibles protestations, Joaquin l'attira plus près encore. Il plaça ses mains sur son visage et elle sentit qu'elle ne pouvait plus lutter. Elle croisa ses yeux d'une clarté cristalline et ne souhaita que rester contre lui. Tout son corps était tendu vers lui. L'intensité de son regard la faisait presque souffrir. Elle se sentait touchée au plus profond d'elle-même.

— Il est bien clair que… ceci n'a rien à voir avec Fidelio, l'avertit Joaquin d'une voix rauque.

— Embrassez-moi ! le supplia-t-elle, toute réserve vaincue par le désir qui montait en elle.

Il l'embrassa. Lentement et totalement, d'une façon qui lui fit oublier toute défense, toute réalité. Répondant à son baiser, elle enroula les bras autour de son cou.

— Ensorceleuse ! proféra Joaquin avec une ferveur sensuelle avant de reprendre possession de sa bouche.

Tandis qu'il l'allongeait sur le lit, elle passa ses doigts dans sa chevelure brune. Proférant un gémissement rauque, il s'allongea sur elle. La chaleur de son corps vigoureux sur le sien parut merveilleuse à Lucy. A chaque mouvement de sa langue qui suggérait une possession plus intime encore, elle se sentait dévorée par un feu intérieur. Elle haletait presque. Les mains de Joaquin la caressaient tandis que sa bouche lui faisait perdre tout contrôle d'elle-même.

C'est alors que des coups retentirent à la porte. Lucy n'entendit rien mais Joaquin se détacha d'elle avec une rapidité qui la vexa. Elle fut encore plus choquée lorsqu'il lui intima de se cacher de nouveau à même le sol.

Quelle ne fut pas sa surprise d'entendre Esperanza s'exprimer en espagnol à quelques pas du lit. Ce n'est qu'à ce moment qu'elle réalisa la façon dont elle s'était conduite. Et tandis que le frère et la sœur se disputaient sur le seuil de la porte, Lucy restait figée sur place, encore abasourdie par sa propre inconduite.

Elle était consciente des affres qui suivraient immanquablement une passion si débridée. Elle ressentait encore la chaleur d'un désir qui balayait tout sur son passage : lieux, gens, conséquences éventuelles. Son corps voulait Joaquin Del Castillo. Jusqu'à présent, elle n'avait jamais compris à quel point un tel désir physique pouvait être puissant. Et elle ne pouvait pas même le blâmer d'avoir profité de sa présence à demi dévêtue dans sa propre chambre alors qu'elle l'avait encouragé à lui faire l'amour !

Lucy fut tirée de sa rêverie par le claquement des hauts talons d'Esperanza qui s'éloignait.

— Maintenant c'est votre tour de partir, déclara Joaquin en se penchant pour la soulever de sa cachette avec une détermination sans faille.

— Comment cela, partir ? réussit-elle à articuler.

— Vous allez retourner dans votre lit !

Ses yeux, clairs et purs comme l'émeraude, la fixaient avec une telle flamme qu'elle sentait son visage en feu.

— Bien entendu, murmura-t-elle, comme si la réponse allait de soi.

Pourtant, elle devait bien admettre que, sans l'interruption salutaire d'Esperanza, elle aurait probablement passé la nuit dans sa chambre.

— Bien entendu, vraiment ? répéta Joaquin avec une ironie cinglante tout en la raccompagnant à la porte. Je ne réussis pas à croire que je me sois presque laissé berner par une basse manœuvre de séduction routinière !

— Pardon ? articula Lucy avec difficulté.

— *Por Dios*... Vous savez vous y prendre avec un homme... vous êtes presque arrivée à vos fins !

— Comment osez-vous me parler ainsi ?

Ayant parcouru le chemin du retour jusqu'à sa chambre en un temps record, Joaquin la déposa sans ménagement sur le lit. Elle retomba sur les oreillers, ses cheveux blonds s'étalant autour de son visage à l'ovale parfait, ses yeux violets remplis de chagrin.

— Ce n'était pas une entreprise de séduction routinière ! protesta-t-elle.

— Quand je pense que vous m'attendiez ! Avec ma petite sœur sous le même toit… n'avez-vous donc aucune pudeur ?

Tout en essuyant le flot nourri de ces reproches, Lucy prit conscience que tout son corps brûlait d'une sensation qui était loin de la honte qu'elle aurait dû ressentir. Une exaltation continuait de flotter entre eux comme une barrière qui ne demandait qu'à être franchie.

Elle savait qu'elle ne pouvait récuser les accusations de Joaquin sans lui révéler qu'elle était en train d'utiliser son téléphone lorsqu'il était entré. Or, si elle le lui avouait, il pourrait vérifier le numéro et découvrir qu'elle avait appelé ce qui aurait dû être son appartement londonien inoccupé.

— Il semblerait que non ! s'entendit-elle donc lui confirmer, se complaisant à sa propre surprise à donner d'elle-même cette image de manipulatrice sans moralité.

Prenant cette réponse comme le défi qu'elle était, Joaquin se pencha vers elle.

— Ainsi vous l'admettez ?

Ses yeux brillants retenaient les siens prisonniers. Elle sentit sa voix s'étrangler :

— Je n'admets rien du tout, murmura-t-elle avec moins d'assurance, troublée par sa proximité.

Joaquin tendit la main et enroula doucement une boucle de ses cheveux soyeux autour de ses doigts. Il ne la quittait pas des yeux.

— Je jure que vous ne tirerez aucun profit de mon désir pour vous, *querida*, affirma-t-il comme s'il la menaçait.

Mais le danger même excitait Lucy. Etre désirée, c'était se sentir une séductrice étrangère dans son propre corps. Elle passa sa langue sur ses lèvres. Elle remarqua que l'attention de Joaquin se porta immédiatement sur sa bouche et frissonna. La tension était redevenue insupportable entre eux.

— Ça alors ! Je n'avais pas réalisé que vous aviez encore besoin d'être bordée dans vos draps le soir, Lucy, remarqua Esperanza en se plantant à l'entrée de la chambre.

Joaquin s'éloigna d'elle et se redressa lentement. Réprimant un sourire, son regard se voila et il sortit de la chambre en échangeant quelques mots en espagnol avec sa sœur.

— *Buenas noches*, Lucy, lui souhaita cette dernière dans un soupir.

Au vu du regard plein de reproches qu'elle venait de lui jeter, elle n'avait plus rien de la gamine que son frère avait évoquée.

Toute gênée d'avoir été surprise dans cette situation délicate, Lucy se glissa sous les draps en lui souhaitant bonsoir.

Mais elle ne parvint pas à dormir. De toute sa vie elle ne s'était jamais sentie aussi vivante que dans les bras de Joaquin Del Castillo. Et l'aveu de son inexpérience fit remonter quelques souvenirs à la surface.

A l'école, elle s'était toujours montrée trop réservée pour intéresser aucun des garçons qu'elle avait aimés. Elle avait 19 ans quand elle avait rencontré Steve. Elle était tombée éperdument amoureuse de lui lors des séances de travail à la bibliothèque. Ils avaient déjeuné souvent ensemble et il avait semblé vraiment apprécier sa compagnie. Mais elle s'était complètement méprise sur la teneur exacte de son intérêt et avait été effondrée lorsqu'elle avait finalement compris que Steve était homosexuel. Il la considérait comme une amie, rien de plus, et il était persuadé qu'elle n'ignorait pas sa préférence sexuelle.

L'année suivante, elle avait rencontré Larry, un étudiant en ingénierie qui avait été suffisamment épris pour lui tenir rigueur de ses excuses pour ne pas sortir le soir et qui avait finalement osé se présenter à sa porte. Malheureusement, son intérêt pour elle n'avait pas résisté à l'accueil extrêmement discourtois de sa mère. Et ses expériences s'étaient arrêtées là.

Il était donc normal qu'elle ne reconnaisse pas la jeune femme affamée d'amour qu'elle devenait dans les bras de Joaquin. Quand aurait-elle eu l'occasion d'exprimer ce côté de sa personnalité ? Elle était normalement constituée et il était naturel qu'elle ait voulu... le clouer au lit et lui enlever ses vêtements — car force lui était d'admettre que c'est ce qu'elle avait eu envie de faire.

Mais était-il également naturel que, lorsque Joaquin se trouvait dans la même pièce qu'elle, son cerveau refuse de fonctionner ? Une attirance sexuelle était-elle toujours aussi intense que celle-ci ? Ou bien était-ce juste qu'elle avait vécu comme une nonne depuis trop longtemps, si bien que, comme lui avait assené Esperanza sans ambages, elle se rendait totalement ridicule en se jetant à la tête de Joaquin Del Castillo ?

Elle devait avoir perdu la raison ! Qu'avait-elle fait jusqu'à présent pour tenter de se sortir du pétrin que représentait le remboursement de la dette à Fidelio ? Rien du tout, admit-elle avec honte. Aujourd'hui encore, elle avait vu Joaquin en deux occasions et elle n'avait pas même abordé le sujet, encore moins essayé de l'amener à accepter une solution plus réalisable. Demain, se promit-elle, elle ferait ce qu'elle aurait dû faire depuis le début…

Dès qu'elle eut pris son petit déjeuner le lendemain matin, Lucy s'habilla. Le contenu de la valise qui était restée dans le bar de San Angelita se trouvait maintenant suspendu dans la penderie, fraîchement lavé et repassé.

Elle choisit un tailleur bleu pastel. La jupe était courte, la veste très ajustée, mais l'ensemble était élégant et infiniment plus décent qu'une chemise de nuit qui ne cachait rien de son corps. Pas étonnant que Joaquin se soit mépris à son sujet ! Elle n'avait pas le droit de le condamner d'avoir supposé qu'elle était une de ces femmes qui utilisaient le sexe pour parvenir à leurs fins. A présent qu'elle était vêtue comme il convenait, il la prendrait beaucoup plus au sérieux.

Ses chaussures à lanières étaient si hautes qu'elle eut du mal à descendre l'escalier avec grâce. Esperanza était en train de traverser le magnifique hall du rez-de-chaussée, à la fois très belle et très provocante dans une robe rouge au décolleté renversant.

— Bonjour ! lança Lucy maladroitement pour attirer l'attention de la jeune femme. Pourriez-vous m'indiquer où je pourrais trouver votre frère ?

Esperanza se retourna en fronçant les sourcils.

— Dans son bureau, par là… mais je ne pense pas que ce soit une bonne idée de le déranger en ce moment !

— Pourquoi ?

La brune évanescente fixa ses yeux sombres sur elle et ignora sa question pour lui en poser une autre :

— Vous avez un père, Lucy ?

— Il est mort.

— Un frère ?

Lucy fit non de la tête.

Les lèvres boudeuses d'Esperanza se serrèrent.

— Alors comment pourriez-vous jamais prétendre comprendre notre culture machiste ? demanda-t-elle sans dissimuler son amertume. Une femme guatémaltèque doit obéir en premier lieu à son père, puis à son frère, et enfin à son mari. Tous les parents masculins ont la préséance sur elle. Ce que je veux ne compte pas. Je dois faire ce que l'on me dit de faire, comme si j'étais une enfant ! Avez-vous une idée de ce que je peux ressentir ?

Involontairement, Lucy entendit l'écho des critiques perpétuelles de sa propre mère qui avait fixé des barrières bien réelles dans tous les domaines de sa vie.

— Je sais exactement ce que vous ressentez, s'entendit-elle murmurer. Ma mère était assez… dominatrice.

Esperanza s'arrêta net en entendant une telle révélation. Leurs regards se croisèrent et une complicité sincère jaillit entre elles l'espace d'un instant.

— Ma mère s'est remariée peu de temps après le décès de mon père et s'est tournée vers sa nouvelle famille, raconta Esperanza. Je gênais, alors j'ai été envoyée à l'internat.

Tandis que Lucy se dirigeait dans la direction indiquée par Esperanza, elle se souvint que le frère et la sœur s'étaient disputés la veille au soir. Ou tout du moins qu'Esperanza s'était fâchée ; Joaquin, en effet, était resté de marbre. Mais la sympathie de Lucy allait tout naturellement à Esperanza. Compte tenu du fait qu'elle-même avait du mal à s'opposer à de trop fortes personnalités, elle supposait que la sœur de Joaquin rencontrait le même problème, renforcé par un préjugé culturel qui suggérait que les femmes n'étaient pas les égales de leurs partenaires masculins. Et il était indéniable que Joaquin Del Castillo imposait sa loi avec une terrible autorité.

Elle frappa à la porte et au bout de quelques instants, l'ouvrit. La pièce était imposante, les étagères de la bibliothèque et le décor sombre créant une ambiance masculine.

Joaquin s'était déjà levé de derrière son bureau impeccablement rangé. De l'autre côté de la pièce, des baies vitrées donnaient sur la végétation luxuriante. Le soleil dardait ses rayons, se reflétant dans les cheveux brillants de son hôte. Quelles que soient les circonstances, Joaquin conservait sa classe naturelle. Ses yeux clairs se posèrent sur elle et son visage se figea dans une expression de totale impassibilité.

Lucy sentit son cœur se serrer dans le silence impressionnant qu'il maintenait sciemment. Une certaine nervosité s'empara d'elle.

— Nous devons parler de l'argent de Fidelio, lui annonça-t-elle sans pouvoir maîtriser le tremblement dans sa voix.

— J'ai déjà dit tout ce que j'avais à dire à ce propos, rétorqua Joaquin. Quand vous aurez signé ce document, vous pourrez rentrer chez vous. Il n'y a pas d'autre solution.

— Il faut pourtant bien qu'il y en ait une autre… il est impossible de rembourser tout cet argent d'un seul coup ! protesta Lucy dans un élan de désespoir.

Joaquin sembla totalement insensible à cet argument. Lucy se mordit la lèvre.

— Est-ce que vous considéreriez l'offre d'un premier paiement substantiel, suivi de versements réguliers comme une preuve suffisante de ma bonne volonté ?

— Sans accord légal, vous reviendriez sur votre parole dès votre retour à Londres, répondit sèchement Joaquin.

— Non, ce n'est pas vrai. En fait, il y a une propriété à moi qui est en vente en ce moment.

— La seule propriété que vous possédiez est celle dans laquelle vous vivez et elle n'est pas à vendre.

Ainsi, il ignorait l'existence de l'appartement que Cindy avait acheté pour sa mère et sa sœur. Bien sûr, s'il avait été au courant, il aurait découvert que Cindy avait une vraie jumelle. Aussi, insister sur l'existence bien réelle de cette propriété pourrait bien se révéler dangereux.

— Le reste pourrait être remboursé par versements échelonnés, insista Lucy.

— A l'âge de Fidelio, un tel arrangement ne serait pas viable.

— Mais je peux prouver qu'il s'agit d'un affreux malentendu ! s'exclama-t-elle en redressant la tête. Si j'avais su que Fidelio travaillait comme employé dans une hacienda, pourquoi aurais-je eu l'idée saugrenue de vouloir lui soutirer d'importantes sommes d'argent comme vous persistez à le croire ?

— L'argument tombe à plat, trancha Joaquin, non sans admirer sa ténacité. Car Mario a dû vous dire que mon père avait laissé un legs à Fidelio dans son testament.

Lucy pâlit en comprenant enfin comment Fidelio Paez avait amassé un tel capital pour sa retraite. Il en avait hérité la plus grande part grâce au père de Joaquin, ce qui rendait ce dernier en quelque sorte partie prenante dans cette affaire. Les ressources de sa famille avait assuré le confort de la retraite du vieil homme et Cindy l'en avait dépouillé. Mais même si sa sœur avait été coupable d'un appétit égoïste, Cindy n'aurait pas sciemment fait de mal au père de Mario. Et elle devait à tout prix en persuader Joaquin.

— Mais Mario n'a jamais mentionné cet héritage ! argua Lucy en serrant les poings. Vous semblez oublier que Mario et… — elle se retint de justesse de prononcer le nom de sa sœur— Mario et moi, reprit-elle avec conviction, n'avons passé que très peu de temps ensemble.

— Pas suffisamment en tout cas pour que vous preniez la peine de jouer à la veuve inconsolable, admit Joaquin avec un calme impassible.

— Si ceci est encore une de vos remarques désobligeantes destinées à m'embarrasser, je préfère ne plus discuter avec vous !

— Pourquoi n'admettez-vous pas le fait que je sais quelle sorte de comédienne vous êtes ? lui rétorqua Joaquin tout en laissant ses yeux errer sur sa silhouette.

Ce regard troubla Lucy qui se reprocha d'être aussi sensible à son pouvoir de séduction. Pourtant, elle voulait à tout prix se concentrer sur la question qui l'occupait.

— Vous ne savez pas ce que vous dites !

— Vraiment ? La coiffure dans le plus pur style rétro, les grands yeux bleu sombre et les émois de collégienne doivent faire leur petit effet sur des hommes qui ne voient que ce qu'ils veulent voir… une poupée de porcelaine, la fragilité féminine personnifiée ! Mais je n'appartiens pas à ce fan club, *querida*.

— Comment osez-vous me comparer à une poupée ? lui lança Lucy, confondue par cette image méprisante. Je suis venue dans votre bureau pour avoir une conversation importante et parfaitement sérieuse avec vous…

— Est-ce vraiment le motif de votre visite ? Est-ce la raison pour laquelle vous avez mis cette jupe courte, ces talons hauts et que vous ne portez qu'une veste sur votre belle peau nue ?

Sous ce nouveau coup, Lucy ne répondit pas.

— Cela dit, en tant qu'homme, j'apprécie ces atours..., dit Joaquin en laissant traîner les mots avec une froideur sardonique. Cependant, je vous ai déjà avertie que j'accepterai de céder à vos charmes mais que je ne paierai pas pour ce privilège. Je ne réglerai pas à votre place votre dette envers Fidelio Paez.

Lucy était en train de déboutonner fébrilement sa veste pour lui montrer le mince T-shirt qu'elle portait mais elle se souvint tout à coup qu'elle n'avait pas mis de soutien-gorge et se reboutonna tout aussi rapidement.

— Oh ! encore un de vos soudains accès de modestie où vous vous mettez à rougir et à baisser les yeux en serrant vos genoux ? Mais je ne suis pas naïf, j'ai encore à l'esprit votre visite dans ma chambre hier soir. Votre offre était frontale et sans ambiguïté.

— Si vous ne vous taisez pas, je ne suis pas sûre de pouvoir me contrôler, s'écria Lucy, furieuse. Vous n'écoutez pas un mot de ce que je dis ; vous n'arrêtez pas de faire des commentaires personnels hors de propos !

— Sur une échelle de un à dix dans le domaine personnel, j'estime que se coucher sur mon lit se situe au moins à neuf. En outre, me laisser en plan pour le reste de la nuit a amenuisé votre chance d'une écoute bien disposée à votre égard ce matin.

Comment osait-il lui jeter cela à la figure ?

— Vous pourriez me rendre violente ! lui lança-t-elle.

— Je ne suis pas d'un tempérament patient. Vos tentatives pathétiques pour vous dépeindre blanche comme neige commencent à m'irriter, la prévint Joaquin sans tenir compte de ce qu'elle venait de lui dire.

— Commencent à vous « irriter » ? bredouilla Lucy.

Cette expression lui semblait un euphémisme grossier alors qu'il était évident qu'il la méprisait en tout point.

— Jusqu'à présent, j'ai été très raisonnable, reprit-il.

— Raisonnable ? Vous n'acceptez aucune forme de compromis bien que je m'engage à vous rendre cet argent en versements réguliers.

— Parce que vous croyez que je peux avoir confiance en vous ! *Infierno* ! Mais pour quel idiot me prenez-vous ? Vous n'avez pas même un emploi sur lequel fonder vos promesses !

Une fois encore, Lucy se reprocha d'avoir sous-estimé les recherches que Joaquin avait menées. Le contrat temporaire mais fort bien payé de Cindy en tant que maquilleuse à la télévision avait pris fin quelques semaines plus tôt.

— En fait, au cours des cinq dernières années, vous n'avez passé que huit mois avec un emploi effectif, lui rappela Joaquin avec un mépris écrasant. Je nourris de sérieux doutes quant à votre capacité à vous soumettre aux rigueurs d'un travail quotidien. Vous êtes paresseuse et frivole. Dès que vous trouvez un homme pour vous entretenir, vous abandonnez toute velléité de travailler.

Lucy se sentit outragée.

— C'est faux. Je suis quelqu'un qui travaille dur. Et si j'avais un emploi, je vous ferais ravaler chacun de vos propos injustes.

Un silence pesant s'installa.

Sous le coup de son orgueil offensé, Lucy releva le menton.

Joaquin lui lança un regard étincelant.

— Quand souhaiteriez-vous commencer ?

5.

— Commencer ? demanda Lucy sans comprendre. Commencer quoi ?

— Mais à travailler pour moi ! répondit Joaquin Del Castillo d'un ton de défi.

Lucy n'en croyait pas ses oreilles.

— Il me semble me souvenir vaguement que vous avez autrefois officié quelques semaines en tant que dactylo, murmura Joaquin qui semblait se délecter de sa stupéfaction.

Cependant, il s'était mépris sur les raisons de son abasourdissement. Dactylo ? Décidément, il en savait plus qu'elle à propos de Cindy. Car, pour ce qui concernait sa propre personne, elle n'avait aucun talent de cette sorte. Et elle ne parvenait pas davantage à surmonter le choc énorme que lui avait causé sa proposition de travailler pour lui en quelque qualité que ce soit.

— Vous… vous me proposez un emploi ?

— Afin que vous puissiez me faire ravaler l'injustice de mes propos et que vous puissiez me prouver quelle personne de confiance vous êtes, lui expliqua Joaquin doucement. Néanmoins, je crains de ne pouvoir vous offrir la montée en grade vertigineuse dont vous avez bénéficié la dernière fois que vous avez travaillé dans un bureau.

Lucy fronça les sourcils.

— Je ne vous suis pas du tout.

— Quelle mémoire sélective vous avez, *querida*. Au bout de quelques jours au service dactylographique, le directeur a fait de vous sa secrétaire. La semaine suivante, vous ne faisiez plus partie du service et étiez redevenue la maîtresse d'un homme marié.

Mortifiée et révoltée, Lucy ouvrit la bouche pour défendre sa cause mais se ravisa en croisant le regard moqueur de Joaquin. A quoi bon se disputer de nouveau ? Pour l'instant, c'était lui qui tirait les ficelles. Elle se contenta donc de hausser les épaules, en tentant de paraître détachée et indifférente — comme Cindy l'aurait fait si elle avait subi une telle attaque.

Joaquin se redressa doucement.

— Je suppose que le moment est venu où vous allez m'annoncer que vous vous sentez bien trop fragile pour travailler.

Lucy croisa son regard qui la défiait, rejeta la tête en arrière et répondit :

— Je me sens en pleine forme !

Il alla ouvrir la porte avec un air profondément satisfait.

— Alors j'ai la situation qu'il vous faut.

— Ici ?

Lucy ne voyait toujours pas où il voulait en venir.

Posant une main sur son épaule, Joaquin la guida jusque dans le couloir. Avant même qu'elle ait eu le temps de réaliser quoi que ce soit, il l'avait fait entrer dans un bureau spacieux, équipé de ce qui lui sembla être le dernier cri en matière de high-tech.

— Je ne dispose que de peu de personnel ici. Ces dames traitent ma correspondance personnelle et coordonnent les différents projets dans lesquels je suis impliqué.

Trois jeunes femmes tournèrent simultanément la tête dans sa direction.

Joaquin s'adressa en espagnol à l'une d'entre elles qui était venue l'accueillir :

— Voici ma secrétaire, Dominga. Dominga, je vous présente Lucy Paez.

Lucy fut accueillie par une brève inclination de la tête. Elle se sentait comme une écolière livrée en pâture à la directrice pour quelque mauvaise action. Un seul regard avait été suffisant pour l'avertir que la secrétaire de Joaquin savait tout de son supposé tempérament de mante religieuse.

— Dominga trouvera de quoi vous occuper, l'informa Joaquin avec un sourire en coin qui lui indiqua qu'il avait déjà pris toute la mesure de sa déconfiture.

Ce qui advint au cours des heures qui suivirent fut l'une des expériences les plus mortifiantes de toute la vie de Lucy. Prenant très à cœur la tâche qui lui avait été confiée, Dominga se montrait froide mais résolue à lui trouver une activité quelconque. Cependant, cette mission était difficile car elle ne pouvait ni répondre au téléphone, ni classer des documents puisqu'elle ne parlait pas espagnol. N'étant pas femme à abandonner facilement la partie, Dominga prit alors la peine de lui apporter un ordinateur. Lucy n'eut pas le courage d'admettre qu'elle ne savait pas taper.

Mais le moment de vérité ne fut pas long à venir. La secrétaire de Joaquin la regardait tenter désespérément de taper avec deux doigts afin de passer pour une dactylo — certes médiocre— mais pour une dactylo tout de même. Puis Dominga détourna son attention tandis que les deux autres femmes pouffaient de rire.

Il sembla à Lucy que la pause de midi n'arriverait jamais. Chacun des muscles de son dos lui faisait mal. Elle s'approcha de Dominga et murmura d'un air coupable :

— Je suis désolée de vous avoir fait perdre votre temps.

Après qu'il lui fut notifié qu'elle pouvait aussi bien prendre son après-midi, Lucy tourna les talons, soulagée. Toutefois, Dominga termina en lui disant qu'elle recevrait le lendemain les rudiments nécessaires à l'utilisation d'un ordinateur.

Lucy n'éprouva aucune gratitude pour cette offre. Son amour-propre avait terriblement souffert et elle craignait que d'autres épreuves de ce type se présentent. Mais aussi, à quoi s'était-elle attendue ? Son poste à la bibliothèque ne demandait aucune qualification spéciale. Elle tamponnait des livres, remplissait les rayons et, occasionnellement, aidait les gens à trouver un volume en particulier. Lorsqu'elle avait eu l'opportunité de prendre des cours du soir, ce qui lui aurait permis de prétendre à une meilleure situation, elle avait dû refuser parce qu'elle ne pouvait laisser sa mère seule.

Comme elle traversait le hall monumental en direction de l'escalier, Joaquin fit son entrée. Il venait manifestement de monter à cheval. Son polo blanc, son pantalon jodhpurs et ses bottes de cuir bien cirées lui allaient à ravir. Sa chevelure noire avait été balayée par le vent et ses yeux d'émeraude illuminaient ses traits réguliers.

« A tomber par terre » aurait pu être une expression spécialement créée pour Joaquin Del Castillo, songea Lucy. Il était si séduisant, si plein de vie ! Il émanait de lui une énergie qui la fascinait. Lorsqu'il la regarda et lui adressa un rapide signe de la main, elle sentit son cœur s'emballer.

Ce fut alors comme une révélation. Aucun homme ne lui avait encore jamais fait éprouver ce qu'elle éprouvait avec lui. Elle avait commencé à succomber à son charme lorsqu'elle était malade : elle s'était sentie plus en sécurité à chaque fois qu'il était près d'elle. Etait-ce à ce moment-là qu'elle lui avait accordé sa confiance ? Car l'ironie de l'histoire était qu'elle estimait Joaquin Del Castillo.

Il pouvait bicn représenter une sérieuse menace pour le bonheur d'une sœur qu'elle adorait mais elle respectait le sens de la justice qui l'animait. Combien d'hommes riches et puissants auraient pris le temps et la peine de découvrir pourquoi un ancien employé avait décidé de continuer à travailler pendant sa retraite ? Et combien auraient tenté de rectifier le préjudice qui avait été commis ?

— Lucy, dit Joaquin en s'approchant tout près d'elle.

Son regard l'hypnotisait. Elle s'arrêta, et en quelques secondes, sa bouche prit possession de la sienne. Elle ne savait pas qui avait fait le premier pas. Cela importait peu. Rien ne comptait à part cette rencontre physique terriblement impérieuse. A part Joaquin qui l'étreignait si fermement. Consciente de sa chaleur contre elle, elle fut submergée par une excitation qui la fit frissonner.

Joaquin libéra sa bouche et inspira profondément. Il la scrutait de son regard limpide.

— La prochaine fois que vous serez dans ma chambre, je ne vous laisserai pas partir, *querida*.

Revenant lentement à la réalité, Lucy s'écarta de lui, tentant de reprendre contenance après cet embrasement qui l'avait laissée pantelante.

— Nous…

— Il n'y a pas de « nous », coupa-t-il d'une voix tranchante.

Elle sentit la chaleur gagner ses joues.

— Bien sûr que non... Je sais cela.

Mais sa voix chevrotante trahissait ses émotions.

— Alors, avez-vous fini de jouer à la dactylo ? demanda-t-il d'une voix douce.

— Oui, murmura Lucy.

— J'avais cru comprendre que vous alliez me faire ravaler mes paroles.

A cette remarque, elle éclata d'un rire sans joie.

— A quoi bon essayer ?

— Signez ce papier. Nous savons tous les deux que vous avez les moyens de rembourser Fidelio, déclara Joaquin avec ironie. Et je ferai en sorte que vous soyez à l'aéroport dans l'heure qui suivra…

Lucy se dirigea vers la cage d'escalier puis se mit à gravir les marches avec autant de dignité que possible. Elle n'osait se hâter avant d'être sûre d'être hors de sa vue. Mais lorsqu'elle en fut convaincue, elle se précipita dans sa chambre et se jeta sur le lit.

Avait-il dit vrai ? Cindy avait-elle suffisamment de fonds pour rembourser sans délai Fidelio Paez ? Cela lui semblait peu probable : sa jumelle ne pouvait avoir autant d'argent de côté. Alors, les larmes qu'elle avait espéré retenir en se concentrant sur cette question plus pratique se mirent à couler sur ses joues. Rendue furieuse par sa propre faiblesse, elle enfouit son visage dans les oreillers et pleura.

Elle était complètement ébranlée et pour quelle raison ? Parce que Joaquin Del Castillo n'avait qu'une envie : se débarrasser d'elle le plus rapidement possible. De plus, elle se sentait lasse de faire semblant d'être Cindy. Son instinct lui conseillait de dire la vérité à Joaquin mais son intelligence l'avertissait que ce dernier serait encore plus outragé par l'entreprise de tromperie délibérée que sa sœur et elle avaient mise sur pied. Dans la minute où il découvrirait que la véritable Cindy Paez se trouvait encore à Londres, il ferait tout pour se venger. Et que n'était-il pas capable de faire sous le coup de la colère ? Elle frissonna tout en se jurant à elle-même qu'elle protégerait sa jumelle aussi longtemps qu'elle le pourrait, jusqu'à ce que Cindy trouve un moyen de régler la situation vis-à-vis de Roger.

L'arrivée d'une servante tenant un plateau la tira de sa rêverie. Lucy déjeuna avec appétit et décida de sortir se promener. Se débarrassant du tailleur de Cindy, elle mit une courte jupe fleurie qu'elle assortit avec un haut de coton ajouré de dentelle et des chaussures plus confortables.

En passant la porte principale quelques minutes plus tard, elle inspira profondément, heureuse de se retrouver à l'air libre par un temps si ensoleillé. Les jardins plantés de magnifiques arbres en fleurs étaient aussi spectaculaires que la vue qu'elle en avait de la fenêtre de sa chambre. Au loin, elle pouvait discerner les toits d'une vieille construction qui dépassaient des arbres et, curieuse d'aller la voir de plus près, elle prit la direction de la forêt qui prolongeait le parc de la résidence.

Elle suivit une vieille allée pavée qui s'enfonçait entre les arbres. Il faisait très chaud en cette fin d'après-midi, cependant, à mesure qu'elle explorait les lieux, elle était transportée d'enthousiasme. Des oiseaux multicolores volaient au-dessus d'elle en poussant des cris étranges. Un singe se déplaçait d'arbre en arbre et passa sur une branche tout près d'elle avant de reprendre son élan. Tout cette nature exotique ne ressemblait à rien de ce qu'elle connaissait.

Plus calme à présent qu'elle avait eu le temps de réfléchir, elle se rendait compte que son attitude vis-à-vis du travail de bureau que Joaquin lui avait facétieusement proposé n'avait pas été la bonne. Bien sûr qu'il s'était attendu à ce qu'elle échoue ! Et c'était précisément pour cette raison qu'elle devait s'accrocher. Si elle n'était pas capable de prouver qu'on pouvait lui faire confiance lorsqu'on lui assignait une mission, comment Joaquin croirait-il la moindre de ses promesses de remboursement à l'égard de Fidelio ? Un comportement timoré, doublé d'une inefficacité avérée devant un ordinateur, n'était pas la meilleure façon d'impressionner un homme qui la trouvait paresseuse et frivole ! Demain, elle ferait donc un réel effort pour le cours d'informatique.

Cette décision prise, Lucy amorça un nouveau tournant dans l'allée qu'elle suivait. Puis elle s'arrêta net, ses yeux violets écarquillés. Ce n'est qu'à ce moment que le commentaire d'Esperanza dépeignant l'Hacienda de Oro comme la destination rêvée de tout archéologue lui revint en mémoire. Dans une vaste clairière s'élevait une quantité impressionnante de ruines de la civilisation maya. Le toit qu'elle avait pris pour celui d'une bâtisse ordinaire était en réalité celui d'un temple.

Lucy s'était toujours intéressée aux civilisations antiques. Si elle était allée à l'université, elle aurait étudié l'archéologie. Lorsque, cinq ans plus tôt, Cindy leur avait envoyé à sa mère et à elle une simple carte postale leur annonçant son mariage avec un citoyen guatémaltèque, Lucy avait imaginé avec bonheur que sa sœur vivait au Guatemala avec son mari. Elle avait lu tous les livres traitant de la civilisation maya disponibles à la bibliothèque. Ce n'était qu'il y a un an qu'elle avait appris la triste vérité au sujet de Mario.

Elle était fascinée par le site qui s'étendait sous ses yeux. Au bout d'un moment où elle avait oublié toute notion du temps, complètement absorbée qu'elle était par la découverte de ces vieilles pierres, elle fut brusquement interrompue dans sa contemplation.

— Mais qu'est-ce que vous avez fabriqué pendant tout ce temps ? lui cria une voix familière à une distance encore éloignée.

Lucy sursauta et se retourna. Joaquin était adossé à une stèle géante, la surveillant d'un air furieux.

— Pardon ?

Comme toujours, il était très séduisant et Lucy eut bien du mal à détacher son regard de lui. Pourtant, elle ne voulait pas le voir, pas plus qu'elle ne voulait penser à lui. Car, dans un coin de sa mémoire, sa propre détresse sommeillait. « Il n'y a pas de nous », avait dit Joaquin comme s'il prononçait une sentence sans appel.

— Des gardes armés surveillent ces ruines vingt-quatre heures sur vingt-quatre. Imaginez qu'ils vous aient prise pour une voleuse ? Vous n'avez donc aucune jugeote ? On ne se promène pas dans la jungle comme dans un sentier de la campagne anglaise !

— Je ne suis pas dans la jungle.

— Vous êtes dans la forêt vierge, et vous êtes inconsciente !

Lucy blêmit sous l'insulte. Mais il reprit de plus belle :

— Avez-vous idée du temps que cela m'a pris pour vous trouver ?

— Mais je n'étais pas perdue… je n'ai pas quitté l'allée !

Lucy se demandait pourquoi il avait l'air de plus en plus furieux à chaque mot qu'elle prononçait. Pourtant, en dépit de son attitude revêche, elle ne pouvait s'empêcher de le contempler, ne laissant rien paraître de son admiration.

Il réprima ce qui était manifestement un soupir d'exaspération et composa un numéro sur son portable avant de dire quelques mots en espagnol. Puis il reporta son attention vers elle.

— Nous nous sommes inquiétés à votre sujet ! Vous avez quitté l'hacienda depuis trois heures !

Ainsi elle était partie depuis si longtemps ? On s'était fait du souci pour elle ? Elle regarda sa montre d'un air désolé.

— Oh, mon Dieu, pardonnez-moi… je ne m'étais pas rendu compte que j'étais partie depuis si longtemps !

— Ça ne prend pas avec moi : vous étiez bel et bien perdue !

— Non…

Cependant, lorsqu'elle regarda dans la direction d'où elle était venue, elle ne se sentit plus du tout sûre d'elle.

— Et comme j'ai du mal à croire que la civilisation maya soit une passion dévorante pour vous…

— J'aimerais juste voir le temple avant de partir…

Faisant fi de ses sarcasmes, Lucy insista :

— Je vous en prie, quelques minutes seulement.

— Lucy…

Comme il semblait assez évident qu'on ne lui laisserait pas l'opportunité d'une nouvelle visite, elle fit comme si elle n'avait pas entendu et se dirigea vers le temple.

— Qui espérez-vous impressionner, ici ? lança Joaquin. Avez-vous même la moindre idée de ce que vous êtes en train de contempler ?

Depuis les marches, Lucy était en train d'étudier les masques usés des dieux qui ornaient l'entrée monumentale du temple.

— Eh bien, il s'agit de Hun Hunapu, le dieu du maïs… et celui-là, c'est je crois Chac, le dieu de la pluie… et celui-là, Kinich Ahau, le dieu du soleil, répondit-elle avec assurance avant d'entrer dans la pénombre de l'intérieur. Et je parie que j'articule mal ces noms parce que je n'ai fait que les lire et n'ai jamais entendu personne les prononcer. Est-ce que cet édifice a un « pib na »?

Dans le lourd silence qui suivit, Lucy se mordit la lèvre inférieure en regardant Joaquin. Il la regardait avec une intense perplexité.

— Quelque chose ne va pas ? demanda-t-elle.

Joaquin respira profondément.

— Si… le temple a bien une pièce en sous-sol.

— Avec des peintures murales ? s'enquit-elle aussitôt. Je suppose que l'humidité les a détruites, malheureusement ?

— Pas en totalité… Mais tant que le projet de rénovation est en cours, elles ne sont pas visibles.

Il prononça ces mots sans la quitter des yeux, comme s'il luttait pour se concentrer. Puis le silence se fit pesant.

— J'ai été injuste sur un point envers vous et je vous dois donc des excuses sincères, déclara enfin Joaquin. Seul le respect pour la mémoire de votre défunt mari peut vous avoir conduite à vous intéresser à ce point aux Mayas.

Même si elles étaient incontestablement sincères, les excuses de Joaquin firent l'effet d'une gifle à Lucy. Tout à coup, elle se sentie honteuse du double jeu qu'elle jouait.

— Il se fait tard, dit-elle d'une voix blanche.

Mais Joaquin posa une main à la fois douce et ferme sur son bras.

— Vous avez dû beaucoup aimer Mario.

Son embarras grandissant, Lucy se dégagea et commença à descendre les marches rapidement.

— Ce n'est pas quelque chose dont je souhaite parler.

— Peut-être pas, mais lorsque nous étions enfants, Mario et moi étions des amis très proches.

— Je suis sûre que ça n'a pas duré longtemps, s'entendit-elle lui répondre. L'héritier de la fortune Del Castillo et le fils de l'employé de son hacienda ?

— Cela n'a jamais été comme cela entre nous, protesta Joaquin. Mario tenait encore suffisamment à ce lien pour m'appeler le jour de votre mariage et me confier qu'il était plus heureux qu'il n'avait jamais espéré l'être de toute sa vie.

Cependant, Lucy ne voulait pas en savoir davantage sur les souvenirs de Joaquin concernant Mario. Chacune de ses paroles, empreintes de sincérité et d'émotion, faisait que sa duperie la rendait haïssable à ses propres yeux.

Joaquin lui saisit la main.

— Regardez-moi, lui intima-t-il. Je me fie généralement à mon jugement, mais peut-être ai-je été trop prompt à vous condamner pour conduite indécente à la mort de Mario.

— C'était il y a longtemps, dit Lucy pour couper court à d'éventuels remords.

— *Por Dios* ! Au moins laissez-moi une chance de comprendre ce qui a pu vous amener à agir de façon aussi indécente quelques semaines après les funérailles !

Lucy dégagea sa main. Cette prière fit resurgir tout son ressentiment :

— N'essayez pas de jouer les grands compréhensifs, maintenant, murmura-t-elle.

— *Que pasa* ?

Les traits du beau visage de Joaquin s'étaient de nouveau durcis.

— Vous ne saisissez rien à rien, lui lança Lucy en se lançant dans une entreprise de défense passionnée de la sœur qu'elle aimait tant. Et vous êtes bien trop gâté par la vie pour être capable de comprendre qui que ce soit.

— Gâté par la vie ? répéta Joaquin, incrédule.

— De combien de maisons un homme a-t-il besoin pour vivre ? Comment pourriez-vous imaginer ce que c'est que d'être pauvre et désespéré au point de ne pas savoir comment s'en sortir ? Que savez-vous des terribles chagrins qui font que certaines personnes tentent de survivre par tous les moyens ?

Après ce cri du cœur, Lucy lui lança un dernier regard furibond et partit. Il lui emboîta le pas, lui adressant ce qui ressemblait fort à un flot d'injures en espagnol. Elle l'ignora. De plus, elle avait retrouvé son chemin à présent, et ne voyait pas pourquoi elle aurait dû supporter sa compagnie jusqu'à la maison.

Tout en marchant, elle se souvenait que Cindy lui avait confié qu'elle s'était sentie si dévastée et malheureuse après la mort de Mario qu'elle avait fait des choses qu'elle avait regrettées depuis lors. Lucy n'avait pas cherché à en savoir plus mais, à présent, elle croyait deviner ce que Cindy avait dû faire : se déshabiller pour les photographes, avoir des aventures avec des hommes mariés — des hommes qui avaient profité de la détresse de cette jeune veuve qui n'avait pas plus de dix-neuf ans à l'époque.

Emergeant de ses pensées troublées, Lucy remarqua que la végétation qui l'entourait semblait bien plus dense qu'auparavant. Des plantes exotiques formaient un tapis luxuriant sous les arbres. Des fougères géantes, des broméliacées aux pointes effilées et de pâles orchidées brillaient dans la lumière diffuse. Car la lumière faiblissait — à moins que la forêt ne fût plus dense à cet endroit.

Elle s'arrêta net à la vue d'une chute d'eau qui tombait en cascade sur la pierre rocailleuse avant de rejoindre une étendue limpide. L'eau était si claire qu'elle pouvait voir chacun des cailloux sous la surface. C'était magnifique. Mais c'était un indice de plus qu'elle n'avait pas pris le même chemin qu'à l'aller.

Joaquin sera furieux, se dit-elle, découragée. Se penchant en avant, elle puisa un peu d'eau dans ses mains et en goûta la fraîcheur exquise. Doucement, elle se releva, attentive au silence. Même les oiseaux s'étaient tus. En cet instant, elle avait si chaud que ses vêtements lui collaient à la peau et sa dispute avec Joaquin n'avait rien arrangé. Pourquoi ne pas s'accorder un petit bain ? Ensuite, elle rebrousserait chemin et finirait bien par retomber sur ses pas.

Succombant à la tentation, elle se débarrassa de sa jupe et de son haut avec un soupir de soulagement, puis avança doucement dans l'eau. Elle s'aspergea, savourant chacune des gouttelettes qui rafraîchissait sa peau brûlante.

— Ne faites plus un geste, Lucy…

L'ordre de Joaquin avait été prononcé sur un ton tellement calme que l'espace d'un instant, elle lui obéit, son absence de vêtements devenant son souci majeur. Mais dans un automatisme, elle releva la tête et ce qu'elle vit alors la remplit de terreur.

6.

Tapie dans l'ombre des arbres se tenait la bête la plus énorme et la plus terrifiante que Lucy avait jamais vue… hormis au zoo.

Un jaguar se trouvait à une vingtaine de mètres sur l'autre bord du point d'eau. Ses yeux dorés la regardaient fixement. Lucy était raide comme une statue tant elle était paralysée par la peur. Puis, tout à coup, avec un mouvement aussi gracieux que rapide, le grand félin bondit à travers les arbres et disparut.

— Oh ! mon Dieu, mon Dieu…, réussit à articuler Lucy en frissonnant.

Des mains puissantes l'arrachèrent de l'eau et la portèrent jusqu'à la terre ferme. Encore sous le choc et à présent peu soucieuse de sa nudité, elle était incapable de parler.

— Vous savez que les Mayas pensaient que lorsque la nuit tombait, le soleil se transformait en jaguar qui parcourait les ténèbres, murmura Joaquin en recouvrant les épaules de Lucy avec sa chemise.

— Oui, et ils l'appelaient aussi « la bête qui tue sa proie d'un seul bond », commenta-t-elle en haletant.

— Ils sont rarement agressifs envers les hommes.

— Heureusement qu'il ne lui a pas pris l'envie de venir tremper ses larges pattes dans l'eau !

Ce disant, elle s'agrippa à ses épaules pour ne pas trébucher.

— C'est un excellent nageur, *querida*. C'est le point d'eau où il attrape son poisson. Vous étiez en terrain de chasse gardée, pour ainsi dire.

— Il faut que je me rhabille, dit-elle, peu désireuse d'en savoir davantage sur les habitudes du félin.

Joaquin se pencha pour ramasser ses vêtements éparpillés. Elle s'accroupit également, le visage encore d'une pâleur mortelle.

— J'ai eu tellement peur...

— C'est une bonne chose, *querida*. C'est plus raisonnable que de se baigner nue dans la forêt tropicale à la tombée de la nuit.

— Plus jamais je ne le ferai, promit-elle.

Sur ce, Joaquin lui rendit son haut de dentelle.

— Mais de toute ma vaste expérience, je ne pense pas avoir rien vu de plus joli que votre personne pendant ce bref instant qui a précédé la venue de cet admirateur intempestif.

Avec un calme feint, elle commença alors à passer ses bras dans les manches de son vêtement.

— De plus « joli » ? demanda-t-elle d'une voix encore peu assurée.

— Vous êtes ravissante... vos seins, vos cheveux, votre peau sous la lumière.

— Oh !

Lucy croisa ses yeux verts et s'humecta les lèvres.

— Non, il ne faut pas, décréta Joaquin d'une voix grave, comme si elle avait dit quelque chose.

Mais elle devinait de quoi il parlait. Et elle ressentit un sentiment de puissance extraordinaire en remarquant le léger tremblement de ses mains lorsqu'il la soutint pour se remettre debout. Il l'aida à remettre sa jupe. Elle fut alors surprise du peu d'embarras qu'elle manifestait à être habillée par lui. Elle essaya d'imaginer comment elle lui était apparue dans ce point d'eau. Revêtue de rien d'autre qu'une petite culotte mouillée et probablement transparente.

— Est-ce que j'étais sexy ? s'entendit-elle murmurer.

Joaquin referma ses mains sur ses épaules en les caressant du bout des doigts.

— Comme une nymphe dans un tableau ancien.

Il lui fit reprendre le chemin du retour, et tandis qu'ils marchaient, Lucy ne sentait plus ses jambes. Traversant l'ensemble des ruines, Joaquin tourna dans le sentier qu'elle avait emprunté à l'origine et sur lequel un 4x4 était maintenant garé. Il l'installa sur le siège avant et elle nota que ses mains viriles ne tremblaient plus à présent. Lorsqu'il fit marche arrière, elle étudia son profil de bronze dans la lumière diffuse. Son cœur battait la chamade. De toute sa vie elle n'avait désiré toucher quelqu'un avec autant de force qu'en ce moment précis.

Quand avaient-ils cessé de parler ? Quand le silence était-il tombé et la tension s'était-elle installée ? Elle ne le savait pas, elle savait seulement qu'elle était terriblement consciente de la présence de Joaquin si près d'elle.

— Vous aimez flirter avec le danger, *querida*, commenta-t-il d'un ton rauque.

Mais c'était probablement lui, son plus grand danger, compléta-t-elle mentalement. Il suffisait qu'il lui lance un regard pour qu'elle se consume littéralement. Et elle se sentait tout à la fois excitée et inquiète de cette attraction magnétique qu'il exerçait sur elle.

— Ce n'est pas juste de me le reprocher, murmura-t-elle.

— Non, concéda-t-il. Le désir est dangereux... et il est rarement si immédiat qu'il l'est entre nous. Cela m'intrigue, mais pas plus que cela. N'imaginez pas le moindre avenir entre nous au-delà de demain.

Lucy entendit ses paroles et ce qu'elles impliquaient mais peu lui importait. Elle laissa les mots tomber dans son subconscient, tout son corps concentré sur les yeux brillants de Joaquin et sur la sensation délicieuse de sa main virile qui traçait à présent du doigt la courbe pleine de ses lèvres.

— Je n'avais jamais ressenti cela auparavant, murmura-t-elle dans un souffle avant de lover naturellement son visage dans la paume de la main de son compagnon.

— Seuls les adolescents parlent comme cela, Lucy, lui opposa-t-il avec une moquerie nonchalante.

— Peut-être…

— Vous me voulez… et je vous veux, précisa-t-il. L'appétit sexuel n'a pas besoin d'autre justificatif.

Retirant sa main, il prit le volant et démarra. Elle ferma les yeux mais ne put y tenir. Il fallait qu'elle le regarde encore. L'appétit sexuel ? Ce n'était pas une expression qu'elle aimait.

La nuit était tombée sans qu'elle s'en aperçoive. Dans le rayon des feux de la voiture, elle le vit se garer dans une cour qu'elle supposa être derrière la maison. Il sortit et fit le tour du véhicule, puis ouvrant la porte du passager, la prit dans ses bras.

Confusément, elle remarqua que les lumières qui brillaient aux fenêtres du bas s'étaient mystérieusement éteintes depuis leur arrivée, sans doute pour permettre aux employés de maison de mieux voir ce qui se passait.

— Mes chaussures sont tombées… Joaquin, posez-moi par terre, s'il vous plaît, supplia-t-elle.

— Pas avant que nous ayons atteint la chambre.

— Mais que va penser Esperanza ? s'enquit-elle, surprise par cet aveu non voilé de ses intentions.

— Ma sœur est partie pour Guatemala city et passera la nuit chez ses cousines.

Il emprunta un escalier dérobé tout en continuant à la porter comme si elle ne pesait pas plus lourd qu'une enfant. Il s'arrêta un instant pour l'embrasser langoureusement.

Lucy rouvrit des yeux qu'elle ne se souvenait pas avoir fermés et se retrouva allongée sur le lit imposant de Joaquin. Ses facultés critiques ne fonctionnaient plus et toute son attention était absorbée par le fait que Joaquin venait de lui ôter sa jupe. Comme elle s'asseyait avec quelque confusion car les choses allaient plus vite qu'elle ne l'avait naïvement prévu, Joaquin planta ses yeux cristallins dans les siens avec détermination, tout en ôtant sa chemise.

— Oh ! s'exclama-t-elle.

— Oh… quoi ?

Il avait aux lèvres un sourire triomphant. Un sourire qui l'hypnotisa littéralement. Son cœur battant à tout rompre, elle s'appuya sur ses coudes et le fixa. Débarrassé de sa chemise, il était magnifique avec sa peau bronzée et ses muscles saillants. Lorsqu'il commença à déboutonner son pantalon, elle se sentit rougir mais elle ne pouvait résister à la curiosité tandis que son physique d'athlète lui était révélé centimètre par centimètre.

Elle se concentra sur ses abdominaux et sur le sillon soyeux qui disparaissait sous sa ceinture. Puis son regard se porta plus bas et elle se troubla, quittant sa contemplation rêveuse. Embarrassée et brusquement très consciente de la situation, elle détourna la tête.

Cédant à la nervosité, elle s'assit en serrant les mains. Sa curiosité avait certes été satisfaite. Il était temps. Elle allait avoir vingt-trois ans et était toujours vierge.

Elle aimait cet homme. Il était possible que lui ne l'aime pas, mais elle préférait ne pas tenir compte de cela en cet instant crucial… Cependant, comment ferait-elle lorsqu'il découvrirait son inexpérience ?

— Joaquin ? prononça-t-elle d'une voix tendue par l'émotion.

— Vous vous impatientez ? ironisa-t-il d'une voix grave.

— Eh bien… non…

Il s'installa à côté d'elle sur le lit et dénoua ses mains afin de pouvoir lui ôter son haut. Il avait mené l'opération avec tant de délicatesse qu'elle avait recommencé à parler, et ne se rendit compte qu'alors que ses mots étaient étouffés par le passage de l'étoffe sur sa bouche.

— *Cómo* ? demanda Joaquin en fronçant les sourcils.

Lucy lui reprit son haut en dentelle avant qu'il puisse s'en débarrasser et tenta de se justifier :

— Peut-être ne devrions-nous pas nous précipiter…

— Vous vous sentez pressée ?

Joaquin posa ses mains sur ses épaules et l'allongea doucement contre les oreillers.

— Tu es très tendue, *querida*.

— Oui, mais.. mais…

— J'aime ta bouche, avoua Joaquin en se penchant vers elle.

Elle fixa de nouveau ses yeux intenses. Il baissa sa tête fière et frôla ses lèvres avec les siennes.

— Oh…

— Tu disais ?

— Rien…

Lucy tourna instinctivement sa bouche vers lui. Elle avait abandonné toute idée de lui échapper. Il l'attira tout contre lui et goûta ses lèvres entrouvertes. Lorsqu'il s'allongea près d'elle, elle tressaillit et sentit une onde de chaleur la parcourir.

— J'aime tout en toi, murmura Joaquin en lui ôtant son dernier vêtement.

Il baissa la tête et parcourut de baisers sa chair palpitante. Une onde de plaisir la fit frissonner. La force de sa réaction la surprit, mais le temps n'était plus à de telles introspections.

— Je vous en prie…, murmura-t-elle.

Les yeux brillants, Joaquin la regarda dans les yeux et passa une main apaisante sur ses muscles tendus. Contre toute attente, elle s'agrippa alors à lui, possédée par une fièvre qu'elle ne pouvait contrôler. Il l'embrassa de nouveau passionnément.

— Ainsi tu veux réellement que je ?… murmura Joaquin, l'attirant encore plus près.

— Ne le sais-tu pas ?

L'idée qu'il puisse avoir un doute la surprenait.

— Les femmes mentent mieux que les hommes, mais si tu avais essayé de maquiller ta réponse, je l'aurais su, *gatita*, dit-il en la scrutant de ses yeux clairs.

Il posa une main possessive sur ses épaules puis répondit au désir qu'elle ne pouvait dissimuler avec une délicatesse experte. Tressaillant sous ses caresses, elle sentit un long frisson lui parcourir le dos, tandis qu'un soupir de volupté s'échappait de sa gorge convulsée. Le plaisir enflait comme une vague prête à l'engloutir, si intense que toute pensée la déserta.

Et quand elle en fut au point de le supplier si elle n'avait pas perdu la voix, Joaquin s'allongea sur elle :

— Tu es si délicate, j'ai peur de te faire mal, querida.

Il lui restait suffisamment de présence d'esprit pour réagir et se raidir :

— Joaquin ?

— *Cristo*... je sais, dit-il d'une voix troublée par l'émotion.

Il la contemplait avec des yeux remplis de désir.

— Je ne peux plus attendre non plus, poursuivit-il. Je n'ai jamais eu autant envie d'une femme auparavant !

En cet instant, la panique qui était montée en elle s'évanouit. Lucy se vit comme une de ces femmes qui rendent les hommes fous de désir et cette image d'elle-même lui plut. Joaquin resserra son étreinte. Elle ferma les yeux et goûta un moment d'intensité extraordinaire. Tout son être était concentré sur le corps viril de Joaquin contre le sien, sur la douleur fugace qu'il provoqua en forçant l'entrée de son intimité. Puis elle arrêta de penser pour se laisser guider par ses sensations.

— Tu es incroyable, *gatita*, murmura Joaquin en augmentant encore le plaisir qu'elle éprouvait.

A partir de ce moment, elle oublia tout. Elle se laissa prendre dans le tourbillon de passion qu'il suscitait. A chacun de ses mouvements, il intensifiait le désir qu'elle avait de lui. Elle brûlait littéralement, puis plongea dans une extase qui lui donna l'impression de voler dans les airs.

Elle interrogea ensuite Joaquin du regard. Il avait semblé oublieux de tout, lui aussi, et elle se serra contre lui. Elle était satisfaite au-delà de tous ses espoirs.

— Tu es merveilleux, murmura-t-elle comme dans un rêve.

— C'était bon... plus exactement, c'était spectaculaire, *gatita*.

Il roula sur le lit, l'entraînant avec lui. Il écarta les boucles de son visage puis l'étudia avec une fascination mêlée d'interrogation.

— Je veux t'avoir encore à moi...

— *Si...*, dit Lucy, se sentant tout à coup suffisamment sûre d'elle-même pour le taquiner.

Il eut un sourire désarmant.

— Et encore, et encore, confia-t-il. Et encore. A combien d'étreintes ai-je droit ?

Elle sourit en retour et enfouit son visage ravi au creux de son épaule.

— Pourquoi compter ? murmura-t-elle doucement.

C'est alors qu'il rejeta le drap. Puis il fronça les sourcils et s'assit. Suivant son regard, elle vit que ce qu'il regardait était une petite tache rouge.

— *Por Dios* ! s'exclama Joaquin.

Fort heureusement, Lucy se souvint qu'elle s'était légèrement blessée durant son excursion, ce qui lui donnait une justification toute trouvée à cette tache de sang dont l'origine était bien différente.

Elle expliqua :

— Mon genou... Je suis tombée au milieu des ruines cet après-midi...

— Et tu n'as rien dit ? la gronda Joaquin. Sous ce climat, la moindre blessure doit être prise au sérieux !

Il sauta hors du lit en insistant sur le fait que la plaie devait être nettoyée et traitée avec un antiseptique. Tandis qu'il s'affairait à cette tâche, Lucy recommença à respirer normalement.

— Tu te préoccupes tellement peu de ton propre bien-être ! Si cette blessure a saigné de nouveau, c'est qu'elle n'a pas encore commencé à guérir.

Aussi soulagée fût-elle, Lucy réalisait qu'elle avait failli être percée à jour. Si Joaquin s'était rendu compte qu'il avait été son premier amant, il aurait immanquablement su qu'elle ne pouvait être Cindy Paez.

Il colla un pansement sur son genou et l'examina tandis qu'elle restait assise là, la tête baissée.

— Je t'interdis de retourner dans la forêt tropicale, tu m'entends ?

A ces mots, elle ne put s'empêcher de sourire.

— Qu'ai-je dit de si amusant ?

— Tu es si dirigiste. Tu es né comme ça ou tu l'es devenu ?

Joaquin tendit la main et l'attira tout doucement vers le lit défait.

— Ce don m'est inné, *querida*, répondit-il avec autodérision.

Lucy ne put s'empêcher d'éclater de rire. Joaquin bloqua ses poignets sur les draps en faisant semblant d'être fâché, ses yeux prenant une couleur étincelante qui la fit se taire. Il pencha la tête pour l'embrasser de nouveau.

Lucy se retourna et tendit la main. Elle était seule dans le lit. S'asseyant, elle étudia les lieux avec surprise. Pendant son sommeil, Joaquin devait l'avoir ramenée dans sa propre chambre. Tout en refusant d'admettre sa déception de ne pas se réveiller dans ses bras, elle se leva.

Alors qu'elle prenait sa douche, elle n'arrêtait pas de penser à lui. Comment avait-elle pu tomber si amoureuse en l'espace d'une semaine ? Mais il était vrai que cette semaine avait été étrange, intense et riche en événements. Et Joaquin était quelqu'un de rare. Tout en enfilant une robe bleu marine, elle se remémorait leurs étreintes enfiévrées de la nuit précédente. Pourtant, ce n'était pas le moment…

En effet, aussi lasse qu'elle fût, elle était déterminée à se présenter au cours d'informatique. Elle ne voulait pas que Joaquin puisse penser qu'elle essaierait de prendre avantage de leur nouvelle intimité. C'était là toute l'ironie de l'histoire, pensa-t-elle tristement. Ce n'était pas seulement à cause de sa sœur qu'elle avait désormais à cœur de prouver qu'elle n'était ni paresseuse ni peu fiable.

Espérant rencontrer Joaquin, Lucy descendit pour prendre son petit déjeuner. Malheureusement, une servante la conduisit dans une salle à manger imposante où elle déjeuna dans un isolement complet. Le sentiment de bonheur qu'elle éprouvait était entièrement nouveau pour elle, et elle ne voulait pas le gâcher en pensant à tous les obstacles qui s'opposaient à sa relation avec Joaquin.

Dominga n'eut pas le temps de cacher sa surprise lorsqu'elle la vit arriver. Manifestement, la secrétaire de Joaquin ne s'était pas attendue à ce qu'elle se présente de nouveau pour travailler. Nul doute qu'elle avait donc bien été vue dans la cour avec ce dernier la veille au soir...

Un jeune prodige de l'informatique vint lui donner les notions de base mais elle avait toutes les peines du monde à se concentrer. Aurait-elle dû partir à la recherche de Joaquin avant son petit déjeuner ? Ou était-elle supposée attendre qu'il vienne la chercher ?

En fin de matinée, il fit enfin son apparition pour parler à sa secrétaire. Dès qu'elle l'aperçut, Lucy sentit son cœur s'emballer. Elle se leva presque de son siège, mais se souvint juste à temps qu'ils n'étaient pas seuls. Se sentant obligée de rester où elle était pour lui permettre de faire le premier pas, elle ne pouvait détacher ses yeux de sa haute silhouette. Son complet gris épousait parfaitement sa silhouette athlétique. Pour la première fois, elle comprit qui Joaquin Del Castillo était vraiment. C'était un industriel puissant et riche, d'un statut social très différent du sien. Cette vérité le découragea.

Mais tout aussi rapidement, Lucy reprit confiance. Elle se souvenait de Joaquin riant avec elle la nuit précédente, la serrant contre lui avec cette passion qui la troublait tellement. A cette pensée, elle releva la tête.

Elle attendait qu'il finisse de parler avec Dominga, prise du besoin désespéré de croiser ses yeux émeraude. Mais elle n'en eut pas l'occasion. Joaquin était sorti sans lui avoir lancé un regard ou adressé un signe de tête.

Lucy était perplexe. Il ne l'avait pas vue… ça ne pouvait être que cela. Peut-être avait-il même pensé qu'elle était encore au lit. Il ne l'avait pas ignorée sciemment, tout de même ! Ou était-ce là son idée de la discrétion poussée à son comble ?

Torturée par cette incertitude, elle trouva la pause déjeuner longue à venir. Mais dès qu'elle le put, elle se précipita en direction du bureau de Joaquin. Cependant, à quelques pas de la porte entrouverte, elle comprit, à la voix qui filtrait de la pièce, qu'Esperanza était de retour, en train de vitupérer tant et plus. Lucy marqua un temps d'arrêt en entendant le ton glacial sur lequel Joaquin répondait à sa sœur.

Au moment où elle était sur le point de faire demi-tour et d'abandonner tout espoir de le voir, la porte s'ouvrit violemment et Esperanza sortit, claquant la porte derrière elle, son beau visage baigné par les larmes.

— Autant être une esclave ! s'écria-t-elle. Joaquin menace de me priver de la pension que je perçois tous les mois. Même mon argent ne m'appartient pas… Quelle humiliation !

— Oh ! Esperanza, je vous en prie, ne soyez pas si triste… Je suis sûre qu'il n'a pas l'intention de vous priver de votre argent...

— Lucy, vous ne connaissez pas mon frère. Il prétend qu'il a le droit de me dire comment vivre ma vie et affirme qu'on m'a laissé trop de liberté…

— Trop de liberté ?

Pour le peu qu'elle pouvait en juger, il ne lui semblait pas que la sœur de Joaquin jouisse de la moindre liberté. Sauf peut-être en ce qui concernait son extravagante garde-robe…

— Je n'ai plus le droit d'aller nulle part sans chaperon, confia Esperanza, mortifiée. A mon âge ! Tout le monde va se moquer de moi !

Tandis que la jeune femme se détournait pour cacher ses larmes, le cœur de Lucy se serra. Un chaperon à notre époque ? Le désespoir d'Esperanza était compréhensible ! Même en tenant compte des différences culturelles, Joaquin traitait sa sœur comme une gamine qui devait être constamment surveillée. Rien d'étonnant à ce qu'Esperanza lutte pour son indépendance.

Fronçant les sourcils à cette idée, Lucy frappa à la porte du bureau de Joaquin. Comme il ne lui répondait pas, elle entra. Ce dernier était debout devant la fenêtre, lui tournant le dos. Même sa veste bien coupée ne pouvait cacher la tension de ses larges épaules. Lorsqu'elle entra, il se retourna et elle lut aussitôt la colère dans ses yeux verts.

— Je peux faire quelque chose pour vous ? s'enquit-il d'un ton froid.

Cette distance qui bannissait toute intimité entre eux fit monter le rouge aux joues de Lucy.

— Peut-être n'est-ce pas le meilleur moment pour…

— Pourquoi ne serait-ce pas le meilleur moment ? demanda Joaquin encore plus froidement.

Elle était bouleversée. Tout à coup, sa tentative pour le voir lui parut la pire des erreurs.

— Je sais que vous venez de vous disputer avec Esperanza, avança-t-elle maladroitement.

— Cela ne vous regarde pas, rétorqua Joaquin sur un ton glacial.

— Non, bien sûr, mais…

Lucy ne savait plus que dire. Il n'était plus l'homme à la voix envoûtante qui l'avait tenue dans ses bras quelques heures plus tôt.

— Vous avez sans doute pensé que partager mon lit la nuit dernière vous donnait des privilèges particuliers ? lui demanda Joaquin avec une dérision cruelle.

Cette question pleine de mépris la blessa. Du même coup, elle perdit sa foi naïve en ce qu'elle avait cru avoir vécu avec lui.

— Eh bien, peut-être un seul privilège particulier, articula-t-elle avec difficulté tout en regagnant la porte. Que vous auriez le bon ton de ne pas me jeter cela à la figure.

Tout à coup, Joaquin perdit sa rigidité glaciale et se précipita pour l'arrêter.

— Lucy !…

Il avait commencé à tendre la main comme pour la toucher mais il interrompit son geste.

— Cette situation ne peut plus durer, murmura-t-il. Arrête de jouer à ce petit jeu, Lucy. Accepte ta défaite, signe ta reconnaissance de dette et retourne à Londres.

— Mais je…

— *Por Dios*... je n'aurai pas de liaison avec toi tant que ma sœur sera sous le même toit ! La nuit passée était de la pure folie !

Elle s'en rendait compte également à présent. Tout était clair comme de l'eau de roche : seule une folie passagère avait pu la faire agir comme elle l'avait fait. Et cela ajoutait à ses souffrances de découvrir qu'il avait pris conscience de cela avant elle. Sans ajouter un mot, car elle était incapable de dire quoi que ce soit, elle sortit du bureau.

7.

Lucy se retrouva dans sa chambre sans pouvoir se souvenir du trajet qu'elle avait emprunté.

Elle s'assit en tremblant sur une chaise et regarda autour d'elle. Elle s'était conduite comme une idiote. Joaquin avait qualifié leur intimité de folie pure, et encore, il ne savait pas tout ! Il continuait à croire qu'elle était Cindy Paez, profiteuse sans cœur aimant se payer du bon temps. Elle se redressa tout à coup, avec l'envie insurmontable de retrouver sa réputation, de reprendre sa propre identité en lui avouant la vérité. Puis la honte et la raison l'emportèrent et elle se rassit en couvrant son visage avec ses mains.

Elle avait promis de protéger Cindy. Sa jumelle avait besoin de temps pour mettre de l'ordre dans ses finances et pour déterminer quand et comment elle confierait à Roger la situation dans laquelle elle se trouvait.

Lucy se rendait compte à présent qu'elle avait été perdue dès qu'elle avait rencontré Joaquin Del Castillo et lui avait fait croire qu'elle était la veuve de Mario Paez. Depuis lors, elle s'était comportée de façon déraisonnable, la preuve la plus probante de son comportement absurde étant d'être tombée désespérément amoureuse de lui.

Le monde fantastique dans lequel elle avait vécu depuis la veille au soir venait de s'effondrer. Elle n'avait été que l'aventure d'une nuit. Et même pas d'une nuit complète, corrigea-t-elle, comme pour se mortifier. Joaquin l'avait mise hors de son lit avant l'aube et maintenant il voulait qu'elle quitte sa maison et son pays le plus rapidement possible. Aucun homme n'aurait pu exprimer ses sentiments plus clairement !

Une servante frappa à la porte et entra en apportant une enveloppe.

Se levant pour s'en saisir, Lucy la retourna et fronça les sourcils en constatant qu'elle n'était pas timbrée. Ce n'est que lorsqu'elle l'eut ouverte qu'elle se rendit compte de ce dont il s'agissait : le maudit accord de remboursement que Joaquin lui avait présenté pour la première fois dans la masure de Fidelio ! Qu'était-elle censée en faire alors qu'elle était dans l'impossibilité de la signer ?

Elle n'avait plus le choix : il fallait qu'elle téléphone de nouveau à Cindy. Quittant sa chambre, elle n'eut qu'à traverser le couloir : la porte de la chambre située en face de la sienne était grande ouverte. Repérant le téléphone sur une table de nuit, Lucy composa le numéro de l'appartement londonien de sa sœur.

— J'ai cru que tu ne rappellerais jamais ! s'écria Cindy dès qu'elle entendit sa voix.

— As-tu eu l'occasion de parler à Roger ?

Avant d'entendre la réponse de sa jumelle, Lucy eut vaguement conscience d'un déclic sur la ligne.

— Comment aurais-je pu lui parler alors qu'il est en Allemagne ?

Lucy avait complètement oublié ce détail. Elle se souvenait à présent que sa sœur s'était plainte que la société de Roger l'avait envoyé pour quinze jours à Berlin et qu'il ne serait de retour que juste avant leur mariage.

— Désolée, je…

— Ecoute, il y a eu une offre au comptant pour le prix demandé sur l'appartement que tu occupais avec Maman et j'ai accepté. J'ai l'intention de dire à Roger que je vais te donner cet argent…

Lucy n'en croyait pas ses oreilles.

— Mais…

— … alors qu'en réalité, je transférerai les fonds à la banque de Fidelio au Guatemala. Voilà… tu es satisfaite à présent ?

— Mais tu dois la vérité à Roger, Cindy, protesta Lucy.

— Non, répondit cette dernière avec colère. Tout ce qui te reste à faire à présent est de convaincre Del Castillo que c'est tout ce que je peux me permettre de rembourser.

— Je ne pense pas que Joaquin accepte cela.

— Comment peux-tu être aussi intraitable quand je ne peux compter que sur toi ? En réalité, j'ai l'impression que tu as sacrément embrouillé les choses là-bas !

Lucy pâlit.

— J'ai fait tout ce que j'ai pu, Cindy !

— Tout, sauf lui dire d'aller se faire voir ! s'exclama une troisième voix féminine.

Cette intervention impromptue fut un tel choc pour Lucy qu'elle laissa tomber le combiné comme s'il avait été brûlant.

— Esperanza ?

La sœur de Joaquin fit son entrée dans la chambre sans manifester la moindre émotion. Elle pressait un téléphone sans fil contre son oreille, téléphone auquel elle continuait de s'adresser.

— Cindy ? interrogea Lucy, reprenant le combiné qu'elle avait laissé tomber pour voir si sa jumelle était toujours à l'autre bout du fil.

— Qui était-ce ? s'enquit sa jumelle, visiblement affolée.

— Ne t'inquiète pas, tout va bien, poursuivit-elle en tremblant. Je te rappellerai une autre fois. Au revoir, Cindy.

— Et si nous allions faire un tour ? proposa Esperanza avec un air amusé, comme si le fait de découvrir que Lucy n'était pas celle qu'elle prétendait être n'avait pas grande importance.

Lucy la suivit, comme dans un cauchemar. Esperanza la conduisit dans un magnifique salon, ferma la porte derrière elles, et s'installa sur un monumental sofa.

— Comment avez-vous découvert la vérité ? demanda-t-elle, sans quitter la jeune fille des yeux.

— Fastoche ! Avant que vous retourniez dans votre chambre, j'ai fouillé votre sac, j'y ai trouvé votre portefeuille et un adorable mini album-photos. A l'intérieur, il y a un cliché de deux petites jumelles et une photo de vous à l'âge adulte.

— Alors maintenant, vous allez tout raconter à votre frère...

— Pas nécessairement.

Lucy déglutit et regarda la jeune femme sans comprendre.

— Mais...

Esperanza haussa les épaules.

— De toute façon, Joaquin finira par découvrir la vérité. Pourquoi lui faciliterai-je la tâche ? Et puis, d'une façon ou d'une autre, votre idiote de sœur finira par payer, car Joaquin n'abandonne jamais.

— Cindy n'est pas idiote... elle a juste peur ! Bon, laissez-moi vous raconter toute l'histoire et peut-être que vous allez comprendre.

Esperanza écouta avec un grand intérêt, mais ne manifesta pas la moindre compassion à l'égard de Cindy.

— Je ne vois toujours pas pourquoi vous devriez payer pour elle.

— Cindy n'avait pas prévu ce qui est arrivé, argua Lucy.

— Pourtant elle n'est pas le moins du monde désolée que cela ait pris un tel tour !

Esperanza examina le visage troublé de Lucy et secoua la tête d'un air médusé.

— Vous êtes trop gentille pour vous défendre toute seule. Vous laissez tout le monde vous marcher sur les pieds !

— Non, ce n'est pas vrai...

— Et qu'est-ce que je fais en ce moment ? Vous ne m'avez pas même grondée pour avoir fouillé dans votre sac à main !

Lucy lui sourit tristement, en songeant que malgré sa sophistication et sa confiance en elle, Esperanza pouvait quelquefois se révéler bien naïve.

— J'ai d'autres soucis plus importants en tête.

— Non, vous avez juste besoin de vous échapper rapidement de l'emprise de Joaquin et je peux vous y aider.

Lucy la regarda avec incrédulité.

Sa belle compagne ne put s'empêcher de rougir.

— Regardez les choses en face ! Vous ne pouvez signer cet accord et, sans mon aide, vous ne pouvez partir.

— Mais vous êtes la sœur de Joaquin, s'entendit protester Lucy malgré elle.

— Sa demi-sœur, corrigea Esperanza en relevant la tête. Je ne suis pas déloyale. Je me fais plaisir, c'est tout. Mon grand frère retrouvera la trace de votre sœur quoi qu'il arrive, il n'y a rien à faire contre cela.

Il y avait quelque chose dans cette affirmation qui fit frémir Lucy. Elle ne pouvait qu'espérer que ce virement bancaire dont avait parlé Cindy serait suffisant pour amadouer Joaquin Del Castillo. Mais elle ne comprenait toujours pas pourquoi Esperanza lui offrait son aide.

— Quel intérêt avez-vous à m'aider à m'échapper ?

— Ça c'est mon problème. Toutefois, vous n'avez que quelques heures pour vous décider. Joaquin part pour affaires à New York à la fin de l'après-midi et sera de retour demain soir. Je ne pourrai vous aider à vous évader que pendant ce laps de temps !

La demi-sœur de Joaquin se leva et se dirigea vers la porte à pas fluides.

— Tout dépend de vous, Lucy… Il me semble néanmoins que votre marge de manœuvre est mince car, si vous décidez de rester, il me viendra peut-être des scrupules, et qui sait si je ne préviendrai pas Joaquin qu'il a capturé la gentille jumelle au lieu de la méchante !

Le cœur de Lucy se serra à cette menace non déguisée. Elle se précipita vers la porte mais Esperanza était déjà dans l'escalier.

Ne sachant plus du tout où elle en était, Lucy se rendit dans le bureau. Le personnel était en train de profiter de la longue sieste appréciée dans les climats chauds. Elle s'assit à sa place, devant l'ordinateur, et inspira profondément pour tenter de se calmer. Si elle ne signait pas cet accord de remboursement, Joaquin serait vraiment furieux. De plus, elle s'était rendue suffisamment ridicule sans être obligée de rester là où elle n'était apparemment pas désirée.

Cependant, il était aussi possible qu'en réussissant à s'échapper, elle mette Joaquin sur les traces de Cindy avant le mariage de celle-ci. Quoique… si elle laissait une lettre promettant le virement bancaire que sa jumelle avait mentionné, cela satisferait peut-être Joaquin pour quelque temps. D'ailleurs, quel risque y avait-il que cet homme très occupé se précipite à Londres toutes affaires cessantes ?

La porte s'ouvrit et Joaquin s'immobilisa dans l'encadrement.

Lucy croisa ses yeux magnifiques qui se plissèrent à sa vue. La froideur de son regard lui fit mal. Et en cette minute où elle était consciente de sa présence par toutes les fibres de son être, la douleur lui sembla presque intolérable.

— Qu'est-ce que vous faites ici ? demanda-t-il d'un air sarcastique.

— Je n'avais pas envie de manger…

— *Por Dios…* vous subiriez n'importe quoi plutôt que de vous acquitter de vos gains mal acquis ! déclara Joaquin avec mépris. Néanmoins, si vous êtes disposée à jouer ce jeu jusqu'au bout, autant vous rendre utile !

— Utile ?

Joaquin déposa une feuille de papier à côté d'elle.

— Trouvez-moi ce dossier et imprimez-le-moi.

Tandis qu'elle essayait de mettre en pratique ce qu'elle avait appris le matin même, Lucy se demanda pourquoi elle se donnait cette peine. Qui essayait-elle d'impressionner ? Qu'avait-elle fait de sa fierté ?

— Vous faudra-t-il tout l'après-midi pour cette requête tout à fait banale ? s'enquit-il d'un ton glacial.

N'y tenant plus, elle leva ses mains du clavier et les laissa retomber avec violence sur la table.

— Arrêtez de me parler sur ce ton ! s'écria-t-elle en se levant de son siège. J'ai compris le message !

— Vous l'aurez compris quand vous aurez signé cet accord, répliqua Joaquin avec un calme qui la déstabilisait encore plus.

— Mais bon sang !

— Une fois que vous aurez signé, je pourrais... il se pourrait que j'envisage de vous rendre visite à l'occasion de mon prochain voyage à Londres, déclara-t-il d'un ton égal.

Lucy fut totalement désarçonnée par son assurance.

— Je ne comprends pas...

— Vraiment ?

Joaquin éclata d'un rire cynique tandis que ses traits se durcissaient.

— Vous réveillez en moi le pire côté de ma nature, *querida*. Si je réussis à résister à la tentation, vous ne me reverrez plus jamais.

Lucy le regarda sans dire un mot. Pendant ce temps-là, Joaquin laissa errer ses yeux clairs sur sa silhouette. Lorsqu'il eut terminé l'examen minutieux de ce dont ils savaient tous deux qu'il avait une connaissance plus intime, Lucy était décidée à ne plus se laisser faire. Même si c'était plus elle-même que lui qu'elle devait combattre. Car elle était encore attirée par son magnétisme puissant. De plus, l'idée qu'il ait l'envie de la revoir à Londres la laissait pantelante.

— D'autre part, murmura Joaquin d'une voix que la sensualité rendait rauque, je suis célibataire et je peux me permettre de vous avoir. Pourquoi me priverais-je d'un caprice occasionnel ?

Comment ça un caprice ? Lucy n'avait jamais songé à elle-même en ces termes. Elle ne pouvait se faire à l'idée qu'elle était tombée si bas pour supporter une telle offense. Puis elle croisa ces yeux verts qui savaient tout et elle comprit enfin. Joaquin Del Castillo était totalement conscient de son pouvoir sur elle. C'était l'humiliation finale.

— Vous pensez que je... vous pensez que je tiens à vous, dit-elle faiblement.

Joaquin leva les mains en un geste qui était tout sauf une marque d'humilité.

— Et vous êtes prêt à utiliser cet argument pour me faire faire ce que vous voulez ? articula-t-elle, ne pouvant croire qu'un homme pût être aussi cruellement manipulateur.

Joaquin fit un léger signe d'assentiment.

Lucy se remémora la façon dont elle s'était comportée la nuit précédente. Elle n'était pas une actrice. Elle s'était probablement trahie cent fois par la façon dont elle l'avait regardé et dans ce qu'elle avait dit et fait.

— Je comprends très bien votre sentiment d'injustice, *querida*, murmura Joaquin d'une voix douce. Combien de fois avez-vous mené des hommes fous de vous par le bout du nez ? Mais cette fois, ça va être différent.

Lucy quitta son bureau, rouge d'indignation.

— Si vous croyez que je serais suffisamment stupide pour vous laisser me réduire au niveau des traînées avec lesquelles vous avez passé la nuit chaque fois que vous en avez eu envie…

— Quelle émotion dans vos propos ! coupa Joaquin, d'un ton ironique. Pourtant vous n'avez pas mis de barrières la nuit dernière. Vous me vouliez tellement que vous en avez oublié toute raison, *es verdad* ? Puisque ce que je vous offre à présent est un arrangement qui ne peut que vous convenir…

— Non, ce n'est pas vrai ! s'exclama Lucy, outragée.

Faisant peu de cas de sa protestation, Joaquin continua à braquer ses yeux verts sans merci sur son visage en colère.

— Dans cette vie, nous finissons tous par choisir ce qui est le meilleur pour nous. Alors choisissez entre moi et l'argent que vous avez extorqué à Fidelio. Vous pouvez avoir l'un mais pas les deux. Et si vous me choisissez moi, ce sera moi qui fixerai les conditions.

— Je n'arrive pas à croire que vous me parliez ainsi !

— N'est-il pas merveilleux que vous fassiez encore preuve de cette innocence presque enfantine lorsque les choses ne tournent pas exactement comme vous l'aviez prévu ? Aucun homme doué de raison ne vous garderait dans un bureau, *querida*, poursuivit-il. Quand vous avez frappé sur le clavier, vous avez perturbé tout le système. A présent, je vais devoir contacter le siège social à Londres pour obtenir ces chiffres...

Dans un brouillard, Lucy se tourna vers l'écran de l'ordinateur qui comportait un message d'erreur. Elle ferma momentanément les yeux pour tenter de se ressaisir, mais Joaquin l'avait frappée par surprise. Ainsi, il avait un siège social à Londres. A quelle fréquence s'y rendait-il ? Envahie par des pensées qui n'auraient jamais dû traverser son esprit, elle se prit à se détester. Même si Joaquin Del Castillo se trouvait à Londres chaque semaine, elle ne poserait jamais plus les yeux de son plein gré sur lui ! Il était si sûr de lui, si certain qu'il n'avait qu'à claquer des doigts pour qu'elle se précipite dans son lit. Eh bien, il n'allait pas tarder à apprendre qu'elle avait retenu la leçon !

Lucy partit à la recherche d'Esperanza et la trouva en train de faire des mouvements de danse à la barre.

— J'ai réfléchi à ce que vous m'avez dit. J'accepte votre aide… je veux rentrer à la maison.

En entendant cela, Esperanza s'arrêta net.

— Ainsi Joaquin a également saupoudré sa variété spéciale de joie et de bonheur dans votre direction.

— Ceci n'a rien à voir avec votre maudit frère ! rétorqua Lucy sans se rendre compte du caractère contradictoire de ses propos.

Mais l'attention d'Esperanza s'était déjà détournée. Ses magnifiques yeux noirs brillaient de satisfaction.

— J'adorerais voir la tête de Joaquin lorsqu'il se rendra compte que nous avons disparu toutes les deux !

8.

A la fin de la journée, Lucy avait compris à quel point il pouvait être difficile de monter une opération d'évasion dans laquelle Esperanza Del Castillo jouait un rôle primordial.

Remarquant avec soulagement que la fantasque jeune femme était enfin endormie, Lucy s'installa plus confortablement dans son siège d'avion. Elle se sentait épuisée. Pourtant Esperanza avait organisé leur départ de l'Hacienda de Oro avec une efficacité remarquable.

Tandis que Lucy avait rédigé une lettre explicative à Joaquin à propos du virement promis par Cindy, la servante d'Esperanza avait fait sa valise puis l'avait entraînée vers une porte dérobée. Là elle avait retrouvé Esperanza assise à l'arrière d'un 4x4.

— Lucy, dépêchez-vous de démarrer avant que l'on nous repère ! avait-elle ordonné.

Lucy avait compris pourquoi elle était devenue si essentielle aux plans d'Esperanza. Cette dernière ne savait pas conduire ! Le trajet en voiture avait tourné au cauchemar. D'abord, elle n'avait jamais conduit un véhicule aussi imposant auparavant. Puis il y avait eu les embouteillages de Guatemala City, les Klaxon furieux des autres conducteurs. Lucy était à bout de nerfs en arrivant à l'aéroport — pourtant, elle n'avait pas encore tout vu.

Deux heures après l'incident, Lucy se raidissait encore au souvenir de la scène terrible qu'Esperanza avait faite en apprenant qu'il n'y avait plus de place sur le vol qu'elle avait l'intention d'emprunter. Elle avait trépigné en arguant de son nom prestigieux jusqu'à obtenir ce qu'elle voulait. Elle avait ensuite insisté pour que le billet en classe économique de Lucy soit surclassé.

— Joaquin est très estimé dans mon pays, avait expliqué Esperanza sans l'ombre d'un remords lorsqu'elle eut obtenu gain de cause.

Lucy n'était plus surprise que Joaquin ait joué le grand frère rabat-joie avec sa sœur. Esperanza était immature, insupportable si on lui résistait, et dépourvue de tout scrupule. En fait, elle ressemblait plus à une adolescente difficile qu'à une adulte. Etait-ce sa richesse qui la rendait ainsi ?

— Je vous aime vraiment bien, Lucy, lui avait confié Esperanza avant de s'endormir. Quand je serai installée dans mon appartement à Londres, vous pourrez venir me rendre visite si vous voulez.

Lucy ne s'expliquait pas pourquoi elle se sentait tellement responsable d'Esperanza, mais il lui semblait qu'en dépit de sa beauté et de sa sophistication apparente, la jeune fille n'était pas du tout prête à l'indépendance à laquelle elle aspirait.

A mesure qu'elle s'éloignait du Guatemala et de Joaquin, Lucy se sentait de plus en plus malheureuse. Comment ce dernier prendrait-il la nouvelle de son départ ? Serait-il furieux ou satisfait d'être débarrassé d'elle ?

— Je vous appellerai dès que j'en aurai le temps, lui promit Esperanza tandis qu'elle montait dans un taxi à Heathrow. Ne vous attendez pas à m'entendre trop tôt, cependant. Je vais être très demandée socialement.

De son côté, Lucy se rendit directement à l'appartement de Cindy. Sa jumelle fut surprise de la trouver sur le pas de la porte mais aussitôt, elle la serra dans ses bras avec soulagement.

— Dieu merci tu es là ! Est-ce que tout est arrangé ?

— Pas tout à fait…

— Tu n'as pas signé ce papier, n'est-ce pas ?

Lucy secoua la tête et expliqua la situation telle qu'elle était. Tout en préparant une tasse de thé pour sa jumelle, Cindy prit un air perplexe.

— Pourquoi prononces-tu son nom de cette façon ?

— Quel nom ?

— Joaquin…

Lucy rougit.

— Je ne le prononce pas d'une façon particulière. Il était au centre de toute l'histoire, c'est tout.

Mais sa sœur refusait de s'en laisser conter.

— Es-tu en train de me dire que tu es tombée amoureuse du type qui essaie de mettre ma vie en l'air ?

— Cela n'arrivera pas si tu règles définitivement cette affaire avec le père de Mario.

— C'est précisément ce que je voudrais faire. J'ai vu un avocat hier et il va s'en charger. Mais pour l'instant c'est toi qui m'intéresses !

— Tout ce que je souhaite, c'est oublier que je suis jamais allée au Guatemala, déclara Lucy d'un ton sincère.

Cindy haussa les épaules.

— Bien, si Del Castillo vient ici pour me créer plus d'ennuis, il ne me trouvera pas. J'ai été engagée par une équipe de cinéma qui commence à tourner en Ecosse ce week-end et je dois être aux studios dans une heure.

— Ça a l'air génial…, commenta Lucy, cherchant à cacher sa déception que sa jumelle parte dès son arrivée.

— Cela veut dire que je ne serai pas là pour t'aider à vider ton appartement… L'acheteur veut en prendre possession dès que possible. Et plus tôt il y rentrera, plus tôt Fidelio aura son argent, souligna Cindy. Je n'ai pas encore décidé ce que j'allais dire à Roger.

— Tu sais… je pensais que tu serais furieuse contre moi d'être rentrée à la maison.

Cindy se mit à rougir.

— Esperanza m'a bien remise à ma place en me parlant au téléphone. Pourquoi faudrait-il que ce soit toi qui récoltes les ennuis à ma place ? Je suis désolée de t'avoir mise dans cette sale histoire. Il va bien falloir que je subisse les conséquences de mes erreurs.

Lucy comprit toute la différence qui existait entre sa personnalité et celle de sa jumelle. Cindy avait certes paniqué lorsqu'elle avait appris les déboires de Fidelio et les exigences de Joaquin, mais finalement elle encaissait le coup et prenait chaque jour comme il venait.

Une demi-heure après, installée dans le taxi qui la ramenait à l'appartement qu'elle avait partagé avec sa mère, Lucy soupira. Les rues grouillantes de monde et la froidure hivernale constituaient un contraste saisissant avec la beauté luxuriante du Guatemala. Bientôt, ce serait le mariage de sa sœur à venir, puis Noël, se rappela-t-elle. N'avait-elle pas toujours aimé la période des fêtes ? Et pourtant, cette année, ce ne serait pas la même chose. Cindy et Roger seraient en voyage de noces et elle se trouverait bien seule !

Deux semaines plus tard, elle emménageait dans l'appartement de Cindy, laquelle se trouvait pour l'instant à Oxford chez les parents de Roger. Le mariage étant prévu pour dans trois jours, il les rejoindrait là-bas directement à son retour d'Allemagne.

Lucy s'était endormie dans le salon. Lorsqu'elle se réveilla, elle se demanda pourquoi elle était constamment fatiguée. Comme elle avait tenté de l'expliquer à son médecin, elle ne se sentait pas vraiment malade, mais elle n'était pas en forme. Souffrait-elle d'une infection non encore dépistée ? Elle avait passé quelques examens et devait appeler le jour même pour en connaître les résultats, ce qui lui donnait une vague appréhension.

La sonnette de l'Interphone résonna alors qu'elle préparait son lit dans la chambre d'amis. En se dirigeant vers le hall d'entrée, elle lança un regard à son reflet dans le miroir et se trouva les traits tirés.

Elle était habillée très sobrement. D'ailleurs, elle ne pouvait pas se permettre le moindre écart financier pour des vêtements plus frivoles — ou plutôt, le moindre écart tout court. En effet, bien qu'elle ait réussi à décrocher un travail dans une boutique de jouets pendant la période de Noël, où elle commencerait le lendemain du mariage, elle devait encore trouver un endroit à elle pour y habiter.

— Oui ? demanda-t-elle dans l'Interphone.

— Ouvrez-moi, ordonna Joaquin.

Lucy resta sans voix.

— Mais…

— Ouvrez-moi immédiatement, Lucy, insista-t-il.

Elle appuya sur le bouton avec une sensation d'irréalité. Rien ne pouvait empêcher le sentiment de joie qui la submergeait. Joaquin était à Londres ! Certes, il ne semblait pas d'excellente humeur mais elle était sur le point de le revoir ! Elle ouvrit la porte et… se ressaisit.

Mais à quoi pensait-elle donc ? Revoir Joaquin Del Castillo équivalait à faire un bond en arrière dans le processus de guérison qu'elle avait entrepris. Pas qu'elle ait beaucoup progressé, s'avoua-t-elle à contrecœur. Après tout, elle pensait toujours presque constamment à lui. Et qu'elle le veuille ou non, Joaquin n'éprouvait pas la même chose à son égard. Inutile donc de lui manifester sa joie.

En entendant les portes de l'ascenseur s'ouvrir, elle décida de refermer la porte de l'appartement.

— Désolée, je ne pense pas que ce soit une bonne idée, finalement, dit-elle par l'entrebâillement. Téléphonez-moi plutôt.

Mais Joaquin ne tint pas compte de ses protestations. Ouvrant le battant en grand, il la souleva dans les airs pour pouvoir passer et la reposa avant qu'elle ne puisse opposer la moindre objection.

— Bien, où est Esperanza ? demanda-t-il sans cacher son impatience.

Décontenancée par son attitude et furieuse d'avoir été transportée comme un vulgaire paquet, Lucy le regardait sans mot dire. Joaquin semblait avoir connu l'enfer depuis qu'elle l'avait vu la dernière fois. Ses yeux étaient cernés. Sa mâchoire était plus déterminée que jamais et ses lèvres étaient serrées tandis qu'il attendait une réponse.

Esperanza ! Lucy était cruellement déçue. Sa visite ne devait donc rien à son désir de la revoir, elle. Elle aurait dû s'y attendre, cependant.

— Je ne pense pas pouvoir vous dire où se trouve votre sœur sans sa permission...

— Ecoutez, Lucy, soit vous me le dites, soit vous le dites à la police ! rétorqua alors Joaquin d'un ton résolu.

— Comment ça à la police... ?

— Cela vous va bien de vous indigner, vous qui avez aidé ma sœur à s'enfuir. Esperanza m'a laissé une lettre m'informant qu'elle retournait à l'école. Idiot que je suis, j'étais tellement soulagé que je n'ai même pas vérifié si elle disait vrai ! J'ai attendu une semaine avant d'essayer de l'appeler.

Littéralement clouée sur place, Lucy réussit à articuler :

— A l'école ?

Mais Joaquin n'en avait pas terminé. Il lui décocha un regard où elle lut une condamnation sans appel.

— Quand j'ai découvert qu'elle n'était pas retournée en pension, j'ai supposé qu'elle était avec vous. Cet appartement a été mis sous surveillance et j'ai attendu votre retour.

— Pourquoi Esperanza serait-elle retournée en pension ? demanda-t-elle tandis que Joaquin passait devant elle pour gagner le salon.

Elle le suivit.

— Et où d'autre devrait retourner une gamine de seize ans ? explosa-t-il.

— Seize ans ! Ce n'est pas possible... non, elle ne peut pas avoir seize ans ! protesta Lucy en le regardant avec incrédulité.

— Où est-elle, à la fin ?

Un terrible sentiment de culpabilité l'assaillit. Elle s'était laissée avoir par une adolescente qui jouait le rôle d'une jeune femme prisonnière de sa cage dorée ! Quand elle lui avait demandé son âge lors de ce trajet vers l'aéroport, Esperanza lui avait répondu qu'elle avait vingt et un ans. Mais comment, en constatant les sautes d'humeur de la jeune fille, n'avait-elle pas suspecté la vérité ?

— En toute sincérité, je ne savais pas quel âge elle avait, Joaquin. Mon Dieu, quelle idiote j'ai été ! s'exclama-t-elle en secouant la tête.

Joaquin posa les mains sur ses avant-bras.

— Tout ce que veux savoir à présent, c'est l'endroit où se trouve ma sœur. Je suis prêt à vous pardonner beaucoup si elle est saine et sauve.

Lucy retint les larmes qui lui embuaient les yeux.

— Elle me téléphone presque tous les jours. La semaine dernière, elle a pris un avion pour Paris afin de rendre visite à une amie, une certaine Loretta...

La lâchant, Joaquin sortit un téléphone portable.

— Quel est le nom de Loretta ?

— Cela n'a pas beaucoup d'importance parce qu'Esperanza est de nouveau à Londres. Nous avons passé la plus grande partie de la journée d'hier ensemble, avoua-t-elle. Votre sœur m'a dit qu'elle séjournait dans un hôtel, mais elle n'a pas précisé lequel et je n'ai pas pensé à le lui demander. Elle semblait plutôt esseulée et je lui aurais demandé de rester avec moi, seulement...

— Seulement cela aurait nui à vos activités ?

Lucy pâlit sous l'attaque. Mais elle ne pouvait lui expliquer que l'appartement ne lui appartenait pas sans admettre qu'elle n'était pas Cindy Paez. Se sentant très coupable, Lucy s'assit dans un fauteuil. La tête lui tournait.

— Avez-vous un numéro de téléphone où contacter Esperanza ? lui demanda Joaquin qui ne remarquait rien.

— Non, c'est toujours elle qui m'a contactée, admit-elle, le cœur lourd. Je vous jure que je n'avais pas le moindre soupçon de son âge véritable !

Mais Joaquin n'écoutait plus : il était au téléphone et s'exprimait en espagnol d'un ton vif. Son profil fier se découpait sur le mur clair. Il se mouvait avec une grâce féline. Elle avait oublié cette énergie qu'il dégageait, la façon dont il semblait prendre possession d'une pièce à l'instant où il y pénétrait.

— Quel numéro de téléphone Esperanza va-t-elle utiliser pour vous contacter ? Celui-là ? lui demanda-t-il à brûle-pourpoint.

— Non…

Lucy aspira longuement pour lui expliquer ce qu'il en était.

— Hier c'était mon anniversaire et elle m'a offert un téléphone portable. Elle m'a dit qu'elle en avait assez de ne pas pouvoir me joindre lorsqu'elle le voulait…

— Alors vous et votre téléphone pouvez venir à mon appartement londonien avec moi ! Et n'essayez pas de discuter ! l'avertit Joaquin quand il la vit ouvrir les lèvres pour rétorquer. Je ne vous quitterai pas des yeux avant d'avoir récupéré ma sœur et vous êtes mon seul lien avec elle pour l'instant.

Joaquin se tut enfin et détailla sa fine silhouette en fronçant les sourcils.

— Pourquoi vous êtes-vous habillée de cette façon ?

— De quelle façon ?

— Comme une femme que son apparence physique indiffère.

Lucy sortit du salon sans répondre. Joaquin avait enfin eu l'occasion de la voir telle qu'elle était vraiment... Dépouillée des ornements raffinés de sa jumelle, elle avait manifestement perdu tout glamour à ses yeux. Sur cette constatation déprimante, elle se précipita dans la chambre de Cindy. Elle y choisit une jupe noire, un chemisier turquoise et une paire de hauts talons. Elle refusa de se demander pourquoi elle pillait la garde-robe de sa jumelle au milieu d'une crise dans laquelle son apparence aurait dû être le cadet de ses soucis.

Joaquin rejeta la tête fièrement en arrière pour l'étudier tandis qu'elle revenait essoufflée, un petit sac de voyage à la main. Elle sentait son visage la brûler tandis qu'il jetait un regard appréciateur sur la soie de son corsage tendue sur sa poitrine. Elle souhaita tout à coup disparaître à ses yeux. Quel plaisir elle avait dû lui faire en se précipitant pour revêtir quelque chose de plus seyant. Mais à son immense soulagement, il ne fit aucun commentaire tandis qu'elle fermait la porte de l'appartement à clé.

Dans la rue, une limousine les attendait. Lucy s'installa sur le siège de cuir en essayant de donner le change.

— Vous avez de la chance que je n'aie pas mêlé la police à toute cette histoire ! déclara Joaquin tout de go. Ma sœur est une jeune fille très riche. Quand j'ai appris qu'elle ne s'était pas présentée à la pension, j'ai eu peur qu'on l'ait kidnappée. Savoir que vous l'aviez accompagnée à Londres m'a un peu rassuré. Car, bien que je doute de vos principes moraux, je ne crois pas que vous mettriez Esperanza en danger.

— Encore une fois, répondit Lucy tristement, je ne savais pas qu'elle n'avait que seize ans. A ce propos, la mère d'Esperanza est-elle venue avec vous ?

Joaquin éclata d'un rire cynique.

— Non, Beatriz n'est pas à Londres. Elle ne s'intéresse guère à ce que fait sa fille.

Lucy ne comprenait pas.

— Mais pourquoi ?

— La seconde femme de mon père était beaucoup plus jeune que lui, murmura Joaquin. Quand il est mort, il a fait de ma sœur une de ses héritières mais son testament indiquait que Beatriz perdrait beaucoup de ses revenus si elle se remariait.

— Ce qu'elle a fait ?

— Oui. Beatriz et son nouveau mari ont alors eu la responsabilité de gérer les fonds de ma sœur. Cependant, des irrégularités financières importantes ont conduit les dépositaires du testament à prendre d'autres arrangements quand Esperanza a eu neuf ans, expliqua-t-il avec calme. Lorsque Beatriz s'est trouvée dans l'impossibilité de dépouiller sa fille, elle a préféré l'envoyer dans un internat en Angleterre et l'a plus ou moins oubliée.

— J'avais déjà compris qu'elle et sa mère n'étaient pas proches l'une de l'autre, mais…

— Beatriz acceptait mal d'avoir une fille tellement plus riche qu'elle. Pourtant, son mari et elle ne sont absolument pas dans le besoin. Ils possèdent une très grosse société de construction.

— Avez-vous eu beaucoup de contacts avec Esperanza dans son enfance ?

— Pas suffisamment pour établir des relations que sa mère était de toute façon déterminée à décourager. Mais lorsque l'école de ma sœur l'a renvoyée pour la punir…

Lucy fit la grimace.

— Qu'avait-elle fait ?

— Elle s'était rendue dans un night-club et son visage est apparu dans toute la presse à scandale. D'où croyez-vous qu'elle tienne cette histoire de jeune fille dans le vent ? lui demanda Joaquin amèrement. Beatriz a décrété qu'elle ne pouvait plus la contrôler et elle me l'a envoyée. Lorsque le temps de la punition a été terminé, Esperanza a refusé de retourner en pension.

— Ainsi, c'était la raison de vos disputes, dit Lucy dans un soupir. Je n'avais rien compris.

Le chauffeur lui ouvrit la porte. Lucy en fut déconcertée mais réussit à sortir sans rien en laisser transparaître. Elle avait été si absorbée par sa conversation avec Joaquin qu'elle ne s'était pas même rendu compte que la voiture s'était arrêtée devant une imposante demeure de style georgien.

Le hall spacieux était magnifiquement meublé. Un serviteur ouvrit les portes d'un salon tout aussi impressionnant.

— Où est le téléphone qu'Esperanza vous a offert ?

Lucy lui tendit l'appareil rouge cerise.

Joaquin le lui prit des mains en grondant :

— Il n'est même pas allumé !

Lucy rougit.

— Je n'ai pas encore lu toutes les instructions mais il est chargé…

Joaquin tapota sur les touches.

— Au moins, vous n'avez perdu aucun appel.

Elle prit place dans un fauteuil et sentit ses yeux se remplir de larmes. Comme elle avait été pathétique de se précipiter sur les vêtements de sa jumelle telle une adolescente surexcitée invitée à un rendez-vous galant ! Il était tellement évident que Joaquin n'éprouvait rien pour elle.

— Vous avez conscience que vous cacherez à Esperanza que je suis là lorsqu'elle vous appellera ?

Lucy hocha la tête.

— Il faut qu'elle vous dise où elle habite et que vous vous arrangiez pour pouvoir vous y rendre ou organiser une rencontre quelque part, poursuivit Joaquin. Je ne veux pas qu'elle disparaisse de nouveau.

Lucy acquiesça.

En dépit de l'assurance qu'elle l'aiderait comme il le lui avait demandé, Joaquin continuait à arpenter la pièce dans un silence préoccupé.

— *Infierno* ! s'exclama-t-il. Que suis-je censé dire à Esperanza quand je l'aurai enfin retrouvée ?

Cette aveu d'impuissance toucha Lucy au cœur. Elle le vit tendre les mains et les laisser retomber dans un geste d'impuissance. Ses yeux verts trahissaient la profondeur de son angoisse.

— Je pense que votre sœur a besoin de savoir que vous l'aimez et que vous vous souciez d'elle.

— Mais elle doit le savoir !

— Je n'en suis pas si sûre, lâcha Lucy. Et essayez de ne pas vous poser en accusateur. Si elle ne veut pas retourner en pension, il doit bien y avoir d'autres options à envisager.

Joaquin avait repris son air ironique.

— Vous voulez que je m'assoie avec un grand sourire aux lèvres et que je lui dise qu'elle peut donner libre cours à ses caprices en toute impunité ?

Lucy se leva.

— Non, faites-lui seulement savoir que vous êtes prêt à l'écouter.

Le visage fier de Joaquin avait repris un air résolu.

— Je sais ce qui est le mieux pour ma sœur…

— Vous avez déjà admis que vous ne la connaissiez pas très bien, alors comment pouvez-vous savoir ce qui est le mieux pour elle ? demanda Lucy avec douceur.

Joaquin ne baissa pas son arrogante tête brune et ses yeux ne réfléchissaient rien d'autre qu'un mépris glacial à cette remarque.

— Très bien, renchérit-elle, vous m'avez posé la question et à présent vous me remettez à ma place parce que je vous réponds, mais cette attitude ne marchera pas avec Esperanza. Elle est aussi butée et soupe au lait que vous !

Outrée par son attitude, Lucy se détourna. Alors il vint poser ses mains sur ses épaules et l'attira contre lui. Elle se concentra sur sa cravate de soie beige qui formait un contraste élégant avec son costume bleu marine. Il plaça sa main sous son menton pour lui faire relever la tête.

— Je suis désolé, *querida*. Ecouter des conseils n'a jamais été mon fort.

Lorsqu'elle l'entendit l'appeler de nouveau *querida*, sa gorge se noua.

— Je suis désolée, j'ai manqué de tact…

— Non, vous avez dit vrai. J'ai commis des erreurs… Je ne peux plus me permettre d'en faire avec elle…

Il était très proche et la fascination qu'il exerçait sur elle jouait à plein. Ses magnifiques yeux verts déclenchaient en elle un tel désir de le toucher qu'elle serra les poings pour ne pas le faire.

— Et vous, où étiez-vous pendant ces deux semaines ? lui demanda-t-il d'une voix égale.

— Comme je vous l'avais dit dans ma lettre, l'appartement — celui que vous pensiez que j'avais inventé de toutes pièces, lui rappela-t-elle— a été vendu. Il a fallu que je déménage afin de faire de la place pour le nouveau propriétaire.

— Aucune propriété de cette sorte n'apparaissait sur la liste de vos avoirs.

— Il y aura eu une erreur quelque part, répondit Lucy avec autant de conviction qu'elle le put.

— C'est ce qu'il semblerait.

Il lui parlait d'une voix grave et mélodieuse.

Elle frissonna. Dans le silence pesant, son cœur battait plus fort. Elle sentait qu'elle ne pourrait pas lui résister.

— *Dios mio...*, déclara Joaquin d'une voix rauque, en passant ses doigts à travers sa chevelure blonde. Sais-tu à quel point cela m'a été difficile de te ramener dans ton lit ce matin-là ? Je n'ai pas aimé ce que j'ai ressenti, *gatita*. Je te désirais trop...

— Vraiment ?

Ces derniers mots la transportèrent de joie.

— Vraiment, dit Joaquin dans un souffle. Seul un homme faible laisser le désir régner sur sa raison. Mais ces deux semaines m'ont semblé une privation très longue.

— Je vous ai manqué..., murmura Lucy qui buvait ses paroles.

— Chaque minute, chaque seconde...

Joaquin mit ses mains sur ses hanches pour lui enlever sa jupe et l'attirer contre lui.

— J'ai pris davantage de douches froides que je ne pouvais en supporter, poursuivit-il. Mais je sais maintenant ce qui m'attire en toi. Tu as comme une double personnalité, *querida*. Tu me fascines tellement !

Lucy supposa qu'elle avait mal compris.

— Une double personnalité ?

— Bien sûr, je sais ce que tu es... je sais exactement de quoi tu es capable, murmura-t-il contre sa joue tandis qu'elle s'efforçait de respirer normalement. Mais tu possèdes un véritable talent d'artiste.

— Je ne vois pas ce que vous voulez dire...

L'enserrant de ses bras, Joaquin l'entraîna avec lui sur le sofa. Il pressa ses lèvres sur la peau délicate de sa gorge. Tout à coup, il lui sembla qu'il caressait l'endroit le plus sensible de son corps.

— C'est vrai ? demanda Joaquin presque durement, prenant son visage à deux mains et plongeant ses yeux verts dans les siens. Tu es comme un caméléon et tu es très intelligente. Tu donnes à chaque homme ce qu'il veut : en fait, tu deviens ce qu'il veut.

— Joaquin, je…

— *Silencio, por favor.*

Il posa un doigt sur ses lèvres.

— Mais…

— C'est le secret de ton succès, *querida.*

Joaquin regardait son expression troublée avec satisfaction.

— Où avais-tu potassé l'histoire des ruines maya pour m'impressionner ? Dans ma propre bibliothèque ! Et ce petit plongeon romantique dans la forêt alors que tu savais très bien que j'étais sur tes traces.

— Non… vous faites erreur !

Comment pouvait-il penser qu'elle avait planifié tout ce qui s'était passé entre eux ?

— Et ce soir-là, dans mon lit, tu as joué la vierge timide mais audacieuse dont rêve tout hidalgo. Ce n'était qu'une illusion, bien sûr, mais c'était une interprétation brillante, lui assura Joaquin d'un air connaisseur.

Ses caresses la faisaient frissonner — même si elle était consternée de voir combien il semblait convaincu de ce qu'il disait.

— Si je ne t'excitais pas tellement, tu serais pâle comme la mort, lui dit-il avec un amusement non feint. Ai-je omis de mentionner que tu peux continuer à te transformer en celle que j'attends avec tout mon assentiment ?

— En fait, vous êtes en train de dire que je ne suis que faux-semblants ! protesta Lucy avant de se rendre compte que c'était exactement ce qu'elle était.

Son nom, son apparence, tout était faux.

— De grands yeux violets blessés qui se remplissent de larmes, dit Joaquin d'une voix douce, jetant sa tête en arrière pour l'étudier avec une concentration intense. Bien que je sache qu'il s'agit d'un jeu habile, je m'en veux de t'avoir fait du mal.

— Lâchez-moi ! gémit Lucy, en tentant de se dégager de ses bras.

— Non, répondit-il en étouffant sa plainte dans un baiser fougueux.

Elle laissa tomber ses mains sur ses larges épaules mais oublia de les serrer en deux poings rageurs. Le désir qu'elle éprouvait pour lui était trop grand. Elle se plaqua contre son torse autant qu'elle le pouvait, ce qui n'était pas encore assez près à son goût, et Joaquin commença à la rhabiller, opération compliquée par son apparente réticence à se séparer d'elle ne serait-ce qu'un instant.

— *Por Dios*... tu peux m'embraser d'un baiser, *querida*, murmura-t-il d'une voix rauque.

Lucy le regarda, se demandant vaguement comment ils s'étaient retrouvés allongés sur le sofa. C'est alors qu'elle entendit résonner la petite musique du téléphone portable.

Tout aussi soudainement, Joaquin se détacha d'elle et lui tendit le portable avec une main qui n'avait pas sa fermeté habituelle.

— Ce doit être Esperanza... Faites que votre mensonge ait l'air crédible, lui intima-t-il.

Mais Lucy n'eut pas besoin de mentir. En effet, au cours du bref entretien qui suivit, elle comprit, entre deux sanglots d'Esperanza, que cette dernière venait de se faire voler son sac dans un magasin.

— Je n'ai pas d'argent... Comment vais-je faire ?

— Ne bougez pas, nous arrivons, d'accord ? dit Lucy pour la calmer.

Tandis qu'ils se précipitaient vers sa limousine, Joaquin lui fit remarquer :

— Vous n'avez dit que quelques mots et pourtant vous avez trahi ma présence.

— Esperanza est bien trop contrariée pour s'inquiéter de ce que ce « nous » représente, déclara Lucy d'un ton mal assuré.

Elle se sentait prise entre deux feux. Elle aurait désespérément voulu mettre quelque distance entre elle et Joaquin mais elle souhaitait également aider Esperanza, car elle s'était prise d'affection pour la jeune fille.

La sœur de Joaquin, absorbée par ses soucis, ne se raidit qu'un instant quand elle vit son frère sur les pas de Lucy. Il était évident que l'arrivée d'une silhouette masculine sur les lieux du méfait était plus que bienvenue. Lorsque Esperanza commença à s'exprimer en espagnol, s'adressant exclusivement à son frère pour obtenir son soutien, Lucy se sentit mise à l'écart de ces retrouvailles familiales.

Compte tenu du fait qu'il y avait peu d'espoir de retrouver le sac, Joaquin suggéra d'aller déclarer le vol immédiatement à la police. Ils se rendraient ensuite directement à l'hôtel d'Esperanza pour qu'elle puisse faire ses valises.

— Vous pouvez m'accompagner, Lucy, lui dit la jeune fille d'une voix plus assurée.

— Je l'aurais fait volontiers mais j'ai malheureusement un rendez-vous cet après-midi, répondit-elle.

Elle n'avait pas croisé les yeux de Joaquin depuis qu'ils avaient quitté sa résidence londonienne.

— Mais j'ai besoin de compagnie, protesta Esperanza.

— Venez dîner à la maison avec nous, murmura Joaquin doucement.

— Je suis désolée, cependant j'ai vraiment besoin de rentrer chez moi. Je vous serais reconnaissante de bien vouloir me déposer au prochain arrêt de bus.

Car le moment était venu de couper toute relation avec Joaquin et Esperanza Del Castillo, se dit Lucy, le cœur lourd. Cindy avait pris un avocat qui s'occuperait de communiquer avec Joaquin concernant le remboursement des économies de son ex-beau-père. Elle-même n'avait plus aucun rôle à jouer, maintenant. Elle n'avait même plus besoin de révéler à Joaquin qu'elle était la sœur de Cindy Paez. Cette révélation qui ne ferait qu'accroître son mépris à son égard.

Comme aucun des deux Del Castillo n'avait l'habitude qu'on décline leurs invitations, une ambiance glaciale régnait à présent dans la voiture.

— Je vous appellerai, lança Esperanza d'un air boudeur lorsque la limousine s'arrêta pour laisser sortir Lucy.

Quant à Joaquin, il lui lança un regard rempli de reproches mais Lucy l'ignora. Il aurait invité n'importe qui à dîner pour peu que cela rende sa sœur heureuse, pensa-t-elle amèrement tandis qu'elle montait dans le bus. Sur le chemin de son appartement, elle passa devant le cabinet de son médecin et décida d'aller chercher les résultats de ses examens.

La réceptionniste vérifia sa fiche et lui indiqua :

— Vous devez prendre un autre rendez-vous.

— Un autre rendez-vous ? répéta-t-elle, inquiète. Est-ce que cela signifie qu'on a trouvé quelque chose dans mes analyses ?

— Rien d'inquiétant, rassurez-vous. Juste les signes caractéristiques d'une grossesse, répondit la jeune femme gaiement.

9.

Elle était enceinte ?

Il n'y avait pas d'erreur possible, lui avait assuré le médecin au cours du bref entretien qu'il lui avait accordé. Les tests étaient si fiables de nos jours qu'ils pouvaient déceler une grossesse dès le tout premier stade. Lucy avait quitté son cabinet abasourdie.

La possibilité qu'elle puisse être enceinte ne l'avait pas même effleurée. Rétrospectivement, elle réalisa qu'elle n'avait pas pensé une seule fois à ce risque. Elle n'avait jamais eu recours à la contraception car elle avait toujours cru naïvement qu'elle serait installée dans une relation de longue durée avant d'avoir des relations sexuelles avec qui que ce soit, et prendre les mesures nécessaires dans ce domaine. Etait-il possible que cette unique nuit d'amour avec Joaquin se soit concrétisée par la naissance à venir d'un petit être ?

Lucy avait honte de s'être conduite d'une façon aussi immature et irresponsable. Un bébé… le bébé de Joaquin. Une nouvelle qu'elle l'imaginait accueillir avec une colère indignée. Mais n'avait-il pas sa part de responsabilités dans cette grossesse ? Après tout, il ne lui avait posé aucune question et n'avait pas utilisé le moindre contraceptif, lui non plus. Sans compter qu'ils n'avaient pas fait l'amour qu'une seule fois mais à de multiples reprises au cours de cette nuit d'abandon. Dès lors, il n'y avait plus tellement de quoi s'étonner que leurs étreintes passionnées portent leur fruit.

Après une nuit sans sommeil, Lucy était dans la cuisine de bonne heure le lendemain matin, quant elle entendit la porte d'entrée s'ouvrir.

— Lucy… ?

Elle fut étonnée de reconnaître la voix de son futur beau-frère.

— Je suis ici, Roger, dans la cuisine !

Roger Harkness fit son apparition sur le pas de la porte. C'était un beau jeune homme brun avec des yeux d'un bleu perçant.

— Cindy m'a recommandé de crier pour ne pas te faire peur.

— Je croyais que tu restais à Oxford jusqu'à demain ?

— Cindy et ma mère le pensaient. Mais ma société tient à ce que je fasse le compte rendu de mon séjour en Allemagne avant de me marier et de partir en voyage de noces. Ce qui est assez normal !

— C'est dommage, malgré tout…

— Je dois présenter un rapport détaillé à mes supérieurs hiérarchiques demain matin sans faute. Je serai mieux pour travailler ici.

— Je n'ai pas touché à tes affaires, le rassura-t-elle, se souvenant que la chambre qu'elle occupait pour l'instant était celle de Roger.

— Je ne t'en aurais pas voulu, lui assura ce dernier avec un sourire forcé. Je suis vraiment fatigué, alors je vais dormir un peu et puis je me mettrai au travail.

Tandis qu'il se dirigeait vers la chambre, Lucy se mordit la lèvre avec anxiété. Il fallait qu'elle se trouve un logement au plus tôt — pas question pour elle de gêner un couple de jeunes mariés !

D'après ce qu'elle comprenait, Cindy n'avait certainement pas eu l'occasion de se confier à Roger au sujet des difficultés financières dans lesquelles elle se trouvait. Mais, après tout, cela ne la regardait pas. Cela ne la regardait plus, rectifia Lucy *in petto*.

Elle avait suffisamment de problèmes à régler elle-même ! Qu'envisageait-elle à propos de sa grossesse ? Une interruption était hors de question. Elle aurait ce bébé… le bébé de Joaquin. Peu importait ce qu'il en pensait. Cependant, comment ferait-elle pour vivre ? C'était bien beau de rêver d'élever un enfant seule, mais la réalité était bien différente. Dans l'état actuel des choses, elle n'était pas capable de gagner un salaire permettant de couvrir les frais d'éducation d'un enfant. Elle ne savait pas où elle habiterait, ni comment elle vivrait…

Ses pensées inquiètes furent interrompues par la sonnette de la porte d'entrée. Quoique surprise de ne pas avoir été prévenue par l'Interphone, Lucy ouvrit la porte, trop préoccupée pour penser à demander qui se trouvait là.

— Permettez-moi de vous dire que la sécurité laisse à désirer dans cet immeuble, l'informa Joaquin. N'importe qui peut entrer ici.

Mais il n'était pas n'importe qui. Il se tenait sur le seuil, incroyablement séduisant dans un manteau de cashmere noir. Et son arrivée impromptue rendait Lucy folle de bonheur.

— Joaquin ?

Soudain, elle pâlit. Roger était dans l'appartement ! Roger qui n'avait jamais entendu parler de Joaquin Del Castillo tandis que la réciproque était vraie. Que se passerait-il si les deux hommes se rencontraient et que Joaquin apprenait qu'il avait été dupé ? Ce ne serait pas Roger qui dirait le contraire ! Et il ne fallait pas que ce dernier apprenne ce que sa future épouse et sa sœur avaient fait pendant qu'il était en Allemagne, de la bouche d'un homme qui avait une opinion aussi basse de Cindy que Joaquin !

— Pourquoi me regardez-vous de cette façon ? lui demanda Joaquin en passant devant elle.

— Je suis désolée, je ne vous attendais pas, murmura Lucy d'une voix étouffée.

— Etes-vous toujours si lente à réagir le matin, *querida* ? demanda Joaquin avec humour en refermant la porte derrière lui.

Elle se rendait compte qu'elle ne pouvait pas croiser le regard vert de Joaquin sans penser au bébé. En outre, elle était terrifiée à l'idée qu'à tout moment Roger pouvait faire son apparition. Tout à coup, elle sentit que tout cela était trop pour elle.

— Etes-vous malade ? lui demanda Joaquin, visiblement inquiet.

En faisant tout pour cacher son état nauséeux, Lucy se précipita dans la salle de bains en ayant la présence d'esprit de refermer la porte derrière elle. Peu de temps après, elle entendit Joaquin tambouriner à la porte.

— Lucy, ne sois pas stupide, ouvre-moi, lui intima-t-il avec impatience.

Après s'être rafraîchie, Lucy retourna dans l'entrée d'un pas mal assuré.

— Imaginez que vous vous soyez évanouie là-dedans !

Joaquin lui passa un bras protecteur autour des épaules puis la souleva dans ses bras puissants et la porta sur le sofa.

— Je vais appeler un médecin. Vous avez l'air vraiment malade, *querida*. Je pense que vous avez besoin d'un examen médical approfondi !

— Non, je...

— Restez allongée et tenez-vous tranquille, lui ordonna Joaquin, en saisissant son portable d'un air d'autorité. Comment ai-je pu vous reprocher le temps que vous avez passé à ne pas travailler au cours des dernières années ? Il m'apparaît maintenant clairement que vous êtes de santé fragile.

— Je n'ai vraiment pas besoin de voir un médecin, répondit-elle, l'air aussi convaincu que possible.

— Permettez moi de vous dire ce dont vous avez besoin.

— Mais vous ne savez pas...

— Je sais qu'il n'est pas normal d'être aussi pâle, assura Joaquin.

— Je suis enceinte...

Face au refus de Joaquin d'écouter un seul mot de ce qu'elle disait, elle avait laissé échapper cet aveu. Mais cette fois, il avait bien entendu et le téléphone lui échappa des mains. Ses yeux verts reflétaient la stupéfaction. A ce moment une chose tout à fait étrange se produisit. Il se ressaisit, rejeta ses larges épaules en arrière comme s'il s'apprêtait à relever un défi et dit sur un ton à peine troublé :

— *Si*... et bien, vous devez quand même voir un médecin.

— Pardon d'interrompre votre conversation au mauvais moment, grommela une voix masculine à l'autre extrémité de la pièce.

Bouleversée d'avoir révélé à Joaquin qu'elle était enceinte sans avoir eu véritablement l'intention de le lui dire, Lucy avait complètement oublié la présence de Roger. Mais l'interruption gênée du fiancé de sa sœur lui causa un choc encore plus grand.

— *Por Dios*... pas étonnant que vous ayez eu l'air si bizarre lorsque vous m'avez vu à la porte ! fit observer Joaquin.

Il la dévisageait avec mépris.

— Je pense... je pense qu'il est grand temps que je vous explique quelque chose, murmura Lucy.

En y réfléchissant, elle évaluait qu'une confession totale était la seule option qui lui restait.

— Mais pourrions-nous aller ailleurs pour en parler ?

— De quelle intimité y a-t-il besoin en présence de Roger Harkness? demanda Joaquin avec force. Vous êtes retournée dans le lit de votre ex-fiancé après avoir couché avec moi. J'avais négligé de vous faire une proposition suffisamment intéressante pour que vous restiez à distance des autres hommes ! Et vous êtes revenue vers lui la nuit dernière... vous n'êtes qu'une traînée !

Lucy devint d'une pâleur mortelle.

— Ce n'est pas vrai, Joaquin, parce que...

Ce dernier la fixait avec une fureur qui semblait grandir à chaque seconde.

— Et à présent vous êtes enceinte et vous ne savez lequel de nous est le père. Je ferai pratiquer des test d'ADN quand le bébé sera né. En attendant, il peut vous reprendre, s'il veut encore de vous, mais seulement une fois que je l'aurai démoli !

Cette menace la cloua sur place tandis que Joaquin sortait de la pièce comme un homme investi d'une mission. Enfin, elle retrouva l'usage de ses jambes.

— Joaquin… je vous en prie !

Mais ce dernier ouvrait toutes les portes de l'appartement, complètement indifférent à ses protestations. Elle fut aussi surprise que lui de ne pas trouver Roger. Son futur beau-frère avait dû quitter l'appartement pour lui permettre de parler avec Joaquin en toute tranquillité.

— *Infierno* ! s'exclama-t-il, bouillant de frustration. Qu'est-ce que c'est que ce poltron qui a peur de se battre ?

— Je vous en prie, calmez-vous un peu et écoutez-moi, supplia-t-elle.

— Vous écouter ? Vous écouter me chuchoter des explications mensongères à l'oreille pour essayer de me convaincre que l'enfant que vous portez est le mien ? rétorqua-t-il avec une dérision cruelle. Il neigera en enfer avant que je ne réécoute le son de votre voix !

Et sur cette condamnation sans appel, Joaquin sortit de l'appartement.

Roger trouva Lucy en larmes sur le sofa lorsqu'il rentra.

— Alors, c'était Joaquin Del Castillo… , fit-il remarquer tandis que Lucy se redressait en faisant un effort pour se ressaisir. Je suis vraiment désolé pour lui.

Prise au dépourvu par la remarque du fiancé de sa sœur, elle le regarda sans comprendre.

— Oui, je suis au courant de toute l'histoire. Cindy m'a tenu éveillé jusqu'à l'aube pour me la raconter, révéla Roger. J'ai plus ou moins surmonté le choc à présent, mais elle n'a pas mentionné cette autre affaire... celle que j'aurais préféré ne pas avoir entendue…

— Cindy n'en sait rien et je ne suis pas prête à lui dire, s'empressa-t-elle de préciser.

Elle se rendait compte également que l'homme qu'elle aimait, le père de l'enfant qu'elle portait, venait de partir en imaginant des choses horribles à son propos.

— Je voulais te remercier de ce que tu as fait pour Cindy pendant mon absence, dit Roger d'une voix calme. Je te suis redevable… nous te sommes tous les deux redevables...

Elle le regardait sans comprendre.

— Voyons, Lucy. Ton bon sens l'a empêchée de rendre la situation dix fois pire. Si elle avait poursuivi dans cette voie, elle aurait certainement fini devant une cour de justice pour abus de confiance. Franchement, c'est une chance que ce soit toi qui sois allée au Guatemala !

Lucy était embarrassée. Elle voyait clairement qu'il était encore en colère contre sa sœur.

— Avec mon aide, Cindy remboursera tout ce qu'elle doit à ce vieil homme… intérêts compris, annonça Roger sans détour.

— Mais Cindy n'avait nullement l'intention de lui extorquer des fonds ! protesta-t-elle.

Mais il ne sembla pas l'écouter et quitta la pièce avec un air terriblement contrarié.

Repensant à sa propre situation, Lucy ne put que constater la fâcheuse posture dans laquelle elle se trouvait. Quelle que soit la manière dont elle révélerait la vérité à Joaquin, il serait indigné par la façon dont sa sœur et elle l'avaient dupé. Elle n'avait plus qu'une solution : attendre la fin du mariage avant qu'elle prenne le risque de révéler à Joaquin la vérité sur son identité.

Lucy le sentait, la confiance de Roger en Cindy avait été ébranlée. Peut-être avait-il prétexté ce rapport à rédiger afin de mettre quelque distance entre lui et sa jumelle ? Qu'adviendrait-il si Roger annulait le mariage ? Cette éventualité n'était pas à exclure. A l'heure actuelle, consignée avec les parents de Roger, obligée de continuer à jouer la future épouse comblée, Cindy devait être bien malheureuse.

Aussi, même si son instinct lui dictait de partir à la recherche de Joaquin pour lui révéler qu'elle n'était pas Cindy Paez, elle ne pouvait prendre ce risque qui rejaillirait forcément sur sa jumelle. Et dans le même temps, elle souffrait de laisser croire à Joaquin qu'elle s'était déjà tournée vers un autre homme ou qu'elle ne connaissait pas l'identité du père de son futur enfant. A présent, Joaquin devait être convaincu qu'elle était une traînée... Patience ! Encore quarante-huit heures, et elle pourrait tout lui expliquer, se promit-elle tristement.

Dans l'après-midi, elle sortit en ville. Elle avait préféré prendre un peu l'air car Roger n'arrêtait pas de faire les cent pas dans l'appartement : il était évident qu'il était perturbé à l'idée de laisser tomber sa sœur deux jours avant leur mariage.

Esperanza l'appela sur son portable.

— Joaquin est-il encore avec vous ? demanda-t-elle d'un ton léger.

— Non, il y a longtemps qu'il est parti... je veux dire, il n'est pas resté longtemps, rectifia Lucy.

— Vous a-t-il proposé le travail ?

— Quel travail ?

Esperanza lui expliqua alors qu'elle s'apprêtait à retourner au lycée mais en tant qu'externe. Joaquin avait cependant décrété qu'elle ne pouvait rester seule dans leur pied-à-terre londonien avec leur personnel pour seule compagnie.

— Je lui ai donc suggéré votre nom, conclut Esperanza avec satisfaction.

Lucy chercha quoi répondre. Ce projet était absurde, vu la situation.

— Merci d'avoir pensé à moi, mais je ne crois pas que ça me conviendrait...

— Lucy ! la gronda Esperanza. Tu es folle de mon frère et je t'aime bien. S'il te voyait plus souvent, il pourrait être attiré par toi.

— Je crains que le peu qu'il me voit en ce moment soit déjà trop pour lui, déclara-t-elle, ne sachant plus si elle devait en pleurer ou en rire.

— Pourquoi ne lui as-tu pas encore dit la vérité sur ta jumelle ? demanda Esperanza. Veux-tu que je le fasse pour toi ?

La proposition fit frémir Lucy.

— Je t'en prie, ne fais pas ça, Esperanza. Je te promets de le lui dire dans quelques jours.

Son bouquet à la main, Lucy sortit de la voiture ornée de tulle et suivit les autres demoiselles d'honneur.

Toutes portaient des robes de soie blanche. Cindy, en effet, avait inversé l'ordre traditionnel des couleurs et avait choisi une robe de mariée dans les tons rose pastel. Elles se rassemblèrent sous le porche de l'église puis s'avancèrent pour accueillir la limousine dont Cindy sortit, l'air radieux. Elle prit le bras que lui offrait son futur beau-père.

— Vous êtes en avance, vint les prévenir l'un des garçons d'honneur, Roger a été retenu.

Cindy pâlit soudain.

— Où est-il ?

— Coincé dans un embouteillage, plaisanta le garçon d'honneur. Il devrait être là dans cinq minutes.

La veille, Lucy avait passé beaucoup de temps dans les magasins. Tôt le matin, Cindy était rentrée à Londres pour arrondir les angles avec Roger. Lucy n'avait pas la moindre idée de ce qui s'était passé entre eux, mais Cindy était encore extrêmement nerveuse, convaincue que son futur mari avait failli changer d'avis.

Une voiture de sport noire s'arrêta en face des marches de l'église où personne n'était supposé se garer. Lucy l'aperçut la première. Avec effroi, elle vit Joaquin Del Castillo sortir du véhicule avec une détermination indomptable.

Ayant entendu le bruit d'un moteur, Cindy se précipita à ses côtés.

— C'est Roger qui arrive ? demanda-t-elle anxieusement.

Dans l'attente d'une catastrophe imminente, Lucy regarda Joaquin se diriger vers les marches. Son cœur battait si fort qu'elle craignait de s'évanouir. Tout laissait à penser qu'il avait finalement découvert que Cindy et elle l'avaient trompé.

Pour quelle autre raison aurait-il pu se trouver là ? Cependant, comment l'avait-il découvert… sa sœur le lui avait-elle dit ? S'apprêtait-il à affronter Cindy devant tous ces gens le jour de son mariage ?

— Oh non ! murmura Cindy avec anxiété. C'est Del Castillo, n'est-ce pas ?

Joaquin monta les marches quatre à quatre. Il s'arrêta brutalement lorsqu'il aperçut Lucy, immobile et presque aussi pâle que sa robe.

— *Por Dios*, s'exclama-t-il d'une voix étranglée, ce n'est pas possible. Vous ne pouvez pas faire cela… je ne le permettrai pas.

— Je vous en prie, je vous en prie, partez, le supplia Cindy avec des larmes plein les yeux.

Ce ne fut que lorsque Cindy eut parlé que Joaquin prit le temps de lui prêter attention. Il fronça les sourcils en reportant son regard vers Lucy, l'incrédulité se reflétant aussitôt dans ses yeux verts. Il fixait les deux sœurs tour à tour.

— *Infierno*… vous êtes deux ?

Ce fut le moment le plus long de toute la vie de Lucy.

— Nous sommes jumelles, murmura-t-elle d'une voix tremblante. Je suis Lucy…

— Je sais que vous êtes Lucy ! l'interrompit Joaquin. Me croyez-vous si aveugle que je ne puisse pas savoir qui est qui ?

— Je pense que ce que ma sœur essaie de vous dire est que je suis celle qui a dépouillé Fidelio Paez, intervint Cindy d'une voix blanche. C'est moi qui ai épousé Mario et moi qui ai persuadé Lucy d'aller au Guatemala à ma place.

Lucy ne réussissait pas à se concentrer sur ce que sa jumelle disait à Joaquin.

— Lucy ne voulait pas le faire, mais j'ai fait en sorte qu'elle ne puisse pas refuser… Je me suis servie d'elle…

Joaquin se posta devant les jumelles.

— Laquelle de vous est la mariée ?

— Moi, répondit Cindy, visiblement prise de court par la question.

Une ombre passa sur le visage de Joaquin. Le silence sembla durer des siècles.

— Profitez-bien de cette journée, Cindy, déclara-t-il enfin.

— Merci, murmura-t-elle faiblement.

Ce n'est qu'à ce moment-là que Lucy comprit : Joaquin avait cru que c'était elle-même qui se mariait !

— Quant à votre sœur, cette manipulatrice égoïste et frivole, elle s'est bien jouée de moi, dit Joaquin d'une voix très calme.

A ces mots, Lucy eut l'impression que le monde s'écroulait. Joaquin respirait très profondément en étudiant l'ovale pâle de son visage avec des yeux durs et froids.

— Je ne supporte pas le mensonge. Or, chaque parole que vous m'avez adressée était un mensonge. Chaque moment que nous avons passé ensemble était fondé sur la tromperie.

Sous le coup de cette condamnation sans appel, Lucy eut un mouvement instinctif pour lui prendre la main. Mais la déception et la colère de Joaquin stoppèrent son élan et elle la laissa retomber.

— Non, ce n'est pas vrai, tenta-t-elle de protester.

— Je ne connais pas même votre nom ! dit-il en la contemplant avec dédain.

— Lucille Fabian. Joaquin, je vous en prie...

— Ce n'est pas le lieu. Ma présence n'est pas la bienvenue ici. Je suis sûr que vous n'avez pas fait autant de sacrifices pour assombrir la cérémonie de mariage de votre sœur ?

Sur ce, il se retourna et regagna sa voiture.

Si Lucy avait eu la sensation de tomber en chute libre avant cet instant, elle avait à présent l'impression d'être à terre. Après un moment d'hésitation, elle se lança à la poursuite de Joaquin.

— Voilà la voiture de Roger ! s'exclama quelqu'un derrière elle. Ils arrivent par l'entrée latérale.

Avant que Joaquin ait rejoint sa Ferrari, Lucy lui saisit le bras avec désespoir.

— Je suis désolée !

Ses yeux à la lueur glaciale croisèrent les siens.

— Vous nous donnez tous les deux en spectacle.

Lucy s'écarta de lui en sentant la honte l'envahir. Se détournant, elle remonta les marches, terriblement consciente que cette petite scène avait finalement attiré l'attention du reste des invités.

Cindy se précipita et passa un bras autour des épaules de sa jumelle.

— Je suis désolée. Je suis sincèrement désolée, murmura-t-elle d'une voix émue.

— Ça n'aurait pas marché de toute façon, déclara Lucy en essayant de sourire.

Elle se sentit soulagée lorsque, quelques minutes plus tard, les portes de l'église s'ouvrirent et qu'elle put s'asseoir parmi les autres demoiselles d'honneur.

Joaquin était venu à l'église en pensant qu'elle était la mariée. Avait-il en tête d'empêcher le mariage ? « Je ne le permettrai pas », avait-il dit. Mais qu'importait sa motivation à présent ? Elle n'avait jamais cru que sa relation avec Joaquin Del Castillo eût un avenir. D'ailleurs, son incapacité à dire la vérité à Joaquin le jour où il avait vu Roger dans l'appartement y avait probablement porté le coup fatal.

Après la cérémonie, lorsque le photographe eut terminé de prendre des clichés des jeunes mariés et de leurs invités sous le porche, Roger s'approcha d'elle. Penchant la tête avec un sourire, il lui glissa à l'oreille :

— J'ai une surprise pour toi !

Intriguée, elle se tourna vers son beau-frère pour lui demander ce qu'il voulait dire par là, mais le jeune couple se dirigeait déjà vers la voiture qui devait les conduire à la salle de réception. Cependant, la surprise ne fut pas très longue à venir : la première personne qu'elle vit lorsqu'elle entra dans la salle fut Joaquin !

Habillé à la perfection dans un costume sombre qui mettait en valeur sa silhouette athlétique, il portait une chemise blanche, agrémentée d'une cravate de soie gris perle, qui accentuait les reflets cuivrés de sa peau. Il était incroyablement séduisant.

Mais ce qui la frappa davantage était que Joaquin se tenait au côté de Roger, et que les deux hommes semblaient converser avec la familiarité de vieux amis.

Se détachant d'un groupe d'invités, Cindy se dirigea droit vers sa jumelle.

— Quand Roger est arrivé à l'église, il t'a vue avec Joaquin. Il a deviné qui il était et il s'est précipité avant que ce dernier démarre pour le persuader de venir à la réception. Roger dans le rôle de Cupidon, il fallait l'inventer !

— Certes...

Lucy savait trop bien pourquoi Roger avait fait cet effort pour elle. Contrairement à sa sœur, son beau-frère connaissait son secret ; il savait qu'elle portait l'enfant de Joaquin.

— Et Roger ne m'en avait rien dit avant que nous arrivions ici ! s'émerveilla Cindy. N'est-ce pas typiquement masculin ? poursuivit-elle en désignant les deux hommes d'un signe de tête. Laisser tout en plan pour se mettre à parler sport !

L'une des demoiselles d'honneur apporta un verre à Lucy. Jetant un regard dans la salle, Joaquin remarqua enfin sa présence. Ses yeux verts impénétrables se posèrent sur son visage tendu et après un dernier mot à Roger, il se dirigea vers elle.

— Eh bien ça, c'est une surprise, commença-t-elle en hésitant.

— Vraiment ? Roger m'a expliqué la situation avec un sens commun admirable. Les problèmes de Fidelio sont peut-être terminés, mais votre beau-frère sait que les vôtres ne le sont pas. Même si je le voulais, je ne serais pas en position de partir maintenant.

Lorsqu'elle entendit cette affirmation résignée, Lucy releva le menton, ses yeux violets lançant des éclairs.

— Vous pouvez partir quand vous le souhaitez !

Ainsi le bébé était un problème ? Très bien. Quelle autre attitude aurait-elle pu attendre de la part de Joaquin ? Peu d'hommes en effet seraient enchantés à l'idée d'être piégés après une seule nuit d'égarement ! Au moins il était honnête. Ce qui ne l'empêchait pas de se sentir dévastée.

Joaquin referma sa main sur la sienne lorsqu'elle tenta de tourner les talons.

— Nous parlerons plus tard, déclara-t-il sur un ton solennel, en retenant sa main.

Il la déconcerta en lui ôtant de sa main libre le verre de vin qu'elle tenait encore.

— Je vais vous chercher une eau minérale, reprit-il. Je crois me souvenir que l'alcool n'est pas recommandé dans votre condition, non ?

— Pourriez-vous vous abstenir d'en faire mention ? chuchota Lucy en luttant contre ses émotions.

— Toutes mes excuses, mais en ce moment je ne peux penser à rien d'autre, lui répondit Joaquin avec une hauteur glaciale.

Ils se dirigèrent vers la table des mariés où une place avait été réservée pour Joaquin. Lorsque Lucy passa devant elle, Cindy interrompit sa conversation avec son mari, se leva de son siège avec un sourire radieux et l'embrassa avec fougue.

— Félicitations, sœurette ! Joaquin ne perd pas de temps, dis-moi. Je suis tellement contente pour toi !

— Qu'est-ce que ça veut dire ? demanda Lucy, complètement prise de court.

Joaquin l'entraîna vers sa place.

— Naturellement, j'ai informé Roger de mes intentions.

— Quelles intentions ? Et pourquoi avoir mis Roger au courant ?

C'était à n'y rien comprendre !

— *Dios mios*... il est votre parent masculin le plus proche. A qui d'autre aurais-je pu parler ?

En évitant son regard, Joaquin s'assit à côté d'elle avec une grâce féline.

— Mais jamais auparavant je n'avais été si conscient du fossé qui existe entre votre culture et la mienne. Si Roger avait été guatémaltèque, il n'aurait jamais attendu que je l'approche.

Il aurait exigé que je fasse mon devoir un fusil à la main et nous aurait traînés jusqu'à l'église.

— Joaquin…, murmura Lucy en sentant sa gorge se nouer à mesure qu'elle prenait conscience de ce qu'il lui disait. Qu'est-ce que vous voulez dire exactement ?

Ses traits prirent une expression déterminée. Rejetant la tête avec fierté, il lui lança un regard clair.

— Que nous serons mariés dans les meilleurs délais, *querida*. Quoi d'autre ?

10.

Au même moment, Roger se leva pour prononcer un discours. Mais Lucy était toujours sous le choc du formidable défi que lui lançait Joaquin.

Comme il était étrange qu'une demande en mariage qu'elle aurait reçue avec joie quelques jours plus tôt pût la blesser autant. Mais qu'attendait-il de sa part ? Qu'elle le remercie ? Qu'elle exprime une gratitude indéfectible ? Il ne lui avait pas même fait sa demande directement ! Sans rien discuter avec elle, Joaquin avait décidé unilatéralement qu'il n'y avait qu'une solution : un mariage éclair où son sens de l'honneur primait sur les sentiments !

Lucy redressa la tête.

— A propos de la demande que vous avez faite à mon beau-frère avant même d'avoir songé à m'en parler, lui lança-t-elle, je voulais vous dire : c'est non !

A ce moment précis, Roger insista pour qu'on porte un toast en son honneur, puisqu'elle venait de se fiancer. Lucy se raidit sur son siège, consciente de tous les regards tournés vers elle. Que leur arrivait-il à tous ? Sans un seul mot d'acceptation de sa part, sa sœur et son mari se réjouissaient à l'idée de son mariage.

— Si nous allions danser ? proposa Joaquin à la fin du repas.

— Jamais, lui répondit Lucy d'un ton sec.

— Vous vous conduisez comme Esperanza ! Ce que ça peut être agaçant !

Lucy rougit et se leva. Elle combattait son envie de le frapper et d'éclater en sanglots. Cependant, lorsque Joaquin la prit dans ses bras pour un slow langoureux et que son parfum familier l'enveloppa, elle ferma les yeux, troublée de découvrir que son corps réagissait d'une façon très différente de son esprit. Elle ne réussissait pas à combattre le magnétisme qui émanait de Joaquin. Or, elle aurait tout donné pour qu'il en fût autrement. Elle frissonna.

— Non merci ? lui demanda Joaquin avec moquerie. Si vous étiez dans mon lit, votre réponse ne serait pas la même, *gatita.*

Elle se raidit sous le persiflage et manqua un pas de danse.

— C'est ce que vous croyez !

— C'est ce que je sais car votre désir de moi est la seule chose honnête que vous m'ayez jamais donnée !

Lucy pâlit.

— Très bien, c'est vrai, j'aurais dû vous dire la vérité plus tôt.

— Vous ne m'avez dit la vérité à aucun moment, précisa Joaquin sans la moindre pitié.

— Parce que j'avais peur pour Cindy…

— Pauvre petite Lucy, sacrifiant toujours ses intérêts pour ceux des autres, répondit-il avec mordant. Mais n'est-il pas remarquable qu'au lieu de devenir ma maîtresse vous soyez en passe de devenir mon épouse ?

Serrant les dents à cette repartie, Lucy vit rouge. Elle lui murmura à l'oreille :

— Je ne serais votre maîtresse pour rien au monde — même si vous me payiez pour ça.

— *Por Dios…* avez-vous cru que je m'attendais à ce que vous partagiez mon lit pour rien ? Je me suis fait les dents sur des femmes bien plus calculatrices que vous. Je m'attendais à un prix élevé mais j'avoue que je n'avais pas pensé à une bague de mariage !

— Allez au diable !

Sur ce, Lucy partit se réfugier dans le boudoir.

Il était l'homme qu'elle pensait aimer et il l'injuriait. Elle se sentait complètement perdue.

Joaquin était encore — et c'était bien compréhensible — terriblement en colère contre elle. Il avait beau afficher un calme olympien pour sauver les apparences, il avait découvert quelques heures plus tôt seulement que presque tout ce qu'il avait cru connaître à son endroit se rapportait en réalité à sa sœur, Cindy ! Et puis Roger avait choisi le pire moment possible pour persuader Joaquin de participer à la réception. Mais pourquoi avait-il accepté ?

Maintenant qu'il avait informé Roger qu'ils allaient se marier, qu'allait-elle faire ? Relever la tête et partir, seulement pour prouver qu'elle en était capable ? Ou reconnaître que, pour le moment, Joaquin avait tous les droits d'être furieux du jeu qu'elle avait joué au Guatemala ? Mais avait-il réellement eu l'intention de faire d'elle sa maîtresse ? C'est du moins ce que sa visite à sa résidence londonienne semblait indiquer. Fort heureusement, elle n'était pas retombée dans son lit, puisqu'ils avaient été interrompus in extremis par le coup de fil d'Esperanza.

En devenant sa maîtresse, elle se trouverait embarquée dans une relation où elle attendrait constamment son coup de fil. Une relation sans issue, qui lui briserait le cœur.

Lucy posa sa main sur son ventre encore plat. Elle savait qu'elle aimait Joaquin. Elle préférerait être sa femme plutôt que sa maîtresse…

Lorsqu'elle retourna à table, elle vit Joaquin en compagnie de Roger et Cindy. Elle aperçut son sourire charismatique mais remarqua que ce sourire avait déserté ses yeux. Pour un homme de l'humeur dans laquelle il se trouvait, il jouait cependant très bien son rôle. Il maîtrisait si bien les apparences… Mais qu'en était-il en réalité ? Qui était vraiment Joaquin Del Castillo ?

*
* *

Quand il fut temps pour Cindy de se changer afin de se rendre à l'aéroport avec Roger, elle entraîna Lucy avec elle.

— Ainsi mon ex-pire ennemi va faire partie de la famille... Toi seule aurais pu réussir un exploit pareil !

— Ce n'est pas ce que tu crois. Je vais avoir un bébé, Cindy.

Ces mots frappèrent sa jumelle comme la foudre.

— Mais de nous deux, c'est toi qui es censée être la plus prudente et la plus raisonnable !

— Je suis humaine, tout de même...

— Pourtant, tu n'es restée là-bas que quelques...

— Suffisamment longtemps, compléta Lucy amèrement.

Cindy sourit.

— Alors je vais devenir tante avant de goûter aux joies de la maternité. Je suppose que Joaquin va te faire accélérer l'autre affaire...

Lucy fronça les sourcils.

— Quelle autre affaire ?

— Peu importe pour l'instant. Ce n'est pas quelque chose à quoi je souhaite encore penser. Mais je peux te dire une chose... Joaquin est vraiment quelqu'un de bien !

En descendant l'escalier d'honneur, Cindy fit une pause pour lancer son bouquet. Une foule de jeunes filles se précipitèrent mais Cindy dirigea son geste vers Lucy, qui attrapa les fleurs presque sans le vouloir.

— Je voulais que ce soit toi qui les aies, lui murmura Cindy à l'oreille avant de se diriger vers la limousine.

Dix minutes plus tard, le jeune couple étant parti, Lucy montait dans la Ferrari de Joaquin.

— Je crois que vous avez quelque chose à me dire, lui dit-elle d'une voix tendue.

— Je n'ai pas envie de vous parler alors que je tente de rester calme, *querida*.

— Etant donné vos sentiments à mon égard, c'est de la folie de songer à se marier, lâcha Lucy.

— Je ne vois pas les choses de cette façon. J'ai un devoir envers mon enfant et envers mon nom. Nous serons mariés dans trois jours.

— Trois jours ?

Elle n'en croyait pas ses oreilles.

— Si je n'obtiens pas une licence spéciale pour que nous puissions nous marier en Angleterre dans ce délai, je vous ramènerai avec moi au Guatemala et nous nous marierons là-bas. Plus tôt ce sera fait, mieux cela vaudra. Je ne veux pas que ma sœur prenne le mauvais exemple en nous voyant vivre sous le même toit sans être unis par des liens légitimes.

Lucy n'avait pas pensé à Esperanza mais à présent elle comprenait le point de vue de Joaquin. Une grossesse hors des liens du mariage n'était pas la meilleure façon d'impressionner une adolescente.

— Je... je pourrais partir quelque part... Je veux dire, évidemment, que je ne garderais pas contact avec elle...

— Ne soyez pas ridicule. Un enfant ne peut pas être caché éternellement. Ou peut-être pensez-vous que ce bébé ne devrait pas naître ? Or, sachez que je souhaite qu'il naisse ! lui lança Joaquin avec détermination.

Lucy pâlit.

— C'est également mon souhait.

— *Por Dios...* alors pourquoi vous querellez-vous avec moi ?

Elle ferma les yeux.

Joaquin ne lui laissait pas le choix. Elle allait devenir sa femme. Or, l'épouserait-elle parce qu'elle l'aimait et qu'elle portait son enfant ou parce qu'elle espérait que, d'une façon ou d'une autre, un miracle se produirait ?

— Pourquoi n'exprimez-vous pas votre colère contre moi parce que j'ai prétendu être Cindy ? murmura-t-elle tristement. Je suis prête à l'entendre.

Joaquin semblait en proie à tant d'émotions contenues ! Elle était enceinte et il semblait croire qu'il pouvait résoudre ce problème comme n'importe quel autre, sans que les sentiments entrent en ligne de compte. N'était-ce pas un leurre ?

Lucy sortit de son sommeil et se releva doucement pour se retrouver allongée dans un lit placé dans une chambre peu familière mais dont l'atmosphère était incontestablement masculine. La lumière près du lit éclairait une cravate de soie posée sur le dos d'une chaise. La dernière chose dont elle se souvenait était d'avoir été dans la voiture de Joaquin.

Elle regarda sa montre. Il était près de minuit. Lorsqu'elle s'assit contre la tête du lit, la porte s'ouvrit et Joaquin entra. En voyant qu'elle était éveillée, il s'arrêta pour l'observer. Consciente de cet examen, Lucy repoussa ses cheveux blonds en arrière et mit ses pieds sous la robe blanche disposée en corolle autour d'elle.

— Vous offrez l'image parfaite de l'innocence victorienne, lança-t-il. Au Guatemala vous ne portiez que des vêtements qui avaient pour but d'attirer l'attention des hommes. Trop courts, trop serrés, trop provocants.

— Compte tenu de la façon dont votre propre sœur s'habille…

— Mais seulement dans l'intimité de sa maison, dans le but de me choquer et de m'ennuyer, rétorqua Joaquin sans se troubler. Alors qu'en vous regardant, lorsque vous étiez là-bas, je pouvais lire un message dans les vêtements que vous portiez.

— Quel message ?

A présent, Lucy était embarrassée.

— Que vous étiez sexuellement disponible, que vous connaissiez la musique, que vous vouliez que je vous regarde et que je vous désire.

Lucy baissa la tête car il y avait du vrai dans ce qu'il disait. Cindy adorait être le centre des attentions masculines et s'habillait toujours à la limite de la provocation.

— Ces vêtements n'étaient pas les miens.

— Pensez-vous que je ne l'ai pas compris, depuis ? demanda Joaquin avec impatience. Tout comme vous vous étiez tranquillement imaginé que je ne serais pas capable de vous différencier de votre jumelle ?

— Beaucoup de gens disent qu'ils ne peuvent pas...

— Ils racontent des histoires. Cindy semble plus âgée que vous. Les mêmes traits, mais une expression différente et un regard cynique sur le monde.

— J'aurais été déçue que vous ne puissiez pas me reconnaître, avoua Lucy.

— Qu'aurais-je fait si j'avais compris mon erreur avant que vous quittiez le pays ? Je n'avais l'intention de passer la nuit avec vous que parce que...

— N'en parlons plus, l'interrompit-elle avec embarras.

Les traits de Joaquin se durcirent.

— Je n'ai jamais amené aucune femme à l'Hacienda de Oro. C'est la maison familiale. J'y observe certains principes mais le désir me les a fait oublier. Je n'avais pris aucune précaution. Je croyais que comme vous aviez récemment vécu avec un homme...

— Oui, je comprends.

Lucy espérait qu'il abandonnerait ce sujet.

— C'est vrai ? L'idée d'utiliser un préservatif a traversé mon esprit mais mon envie était plus forte que ma prudence, admit Joaquin. Et voilà qu'à présent nous devons tous deux en payer le prix.

Elle sentit les larmes lui monter aux yeux.

— Ce n'est pas une obligation, Joaquin.

— Croyez-vous que je me déroberais comme un adolescent confronté à ses devoirs ?

Joaquin se mit à rire et elle le regarda avec incrédulité.

— A présent que j'ai passé tout l'après-midi et la plupart de la soirée à évaluer ce qu'il m'en coûtera, laissez-moi évaluer les bénéfices.

— Les bénéfices ? demanda Lucy avec surprise.

— Je vous aurai dans mon lit chaque fois que je le voudrai. J'aurai un enfant et j'adore les enfants. Et j'aurai également une compagne pour ma très indisciplinée petite sœur.

Tout en parlant, Joaquin s'était rapproché du lit. S'asseyant à son côté, il l'attira contre lui.

— Esperanza est trop vieille pour une mère de substitution mais suffisamment mûre pour une grande sœur qui pourrait la comprendre. Elle vous adore. Et je dois dire que, venant d'elle, c'est une performance !

Surprise par ce subit changement d'humeur, Lucy se sentit défaillir tandis que Joaquin la pressait contre son cœur. Cependant, contrairement à ses secrètes espérances, il ne l'embrassa pas. Au lieu de cela, il se leva et ouvrit la porte. Elle se rendit compte trop tard qu'il la faisait sortir de sa chambre.

— Mais peut-être n'est-ce pas l'amour d'Esperanza que je souhaite le plus gagner, avança-t-elle dans un élan de sincérité irrépressible.

— C'est pourtant tout ce qui vous est offert, *querida*. Contrairement à vous, je ne raconte pas d'histoires. Si vous ne portiez pas mon enfant, vous ne seriez pas ici à présent.

Joaquin ouvrit une autre porte et la déposa sur un nouveau lit.

— Mais je ne pourrai jamais vivre auprès de vous si c'est ce que vous éprouvez ! avoua Lucy.

— Désolé, je ne suis pas de ces natures tolérantes qui pardonnent tout, continua-t-il sans fléchir. J'ai un sens très développé du bien et du mal et ce que vous m'avez fait était très mal. Ne me demandez pas ou n'espérez pas que je pense le contraire.

Il lui passa doucement la main sur le front.

— *Buenas noches*, Lucy.

Lucy fixa le plafond jusqu'à ce que sa vision ne se trouble. Puis elle sentit les larmes couler sur sa joue. Très bien, elle avait voulu savoir ce qu'il éprouvait vraiment pour elle et il le lui avait dit. Il l'avait jugée et ne pensait pas pouvoir réussir à lui pardonner. Eh bien, dans ces conditions, elle n'avait pas le choix : elle ne pouvait pas l'épouser.

Elle tourna et se retourna dans son lit toute la nuit en mettant toutes les options dans la balance. Ce fut alors qu'elle comprit qu'elle n'avait pas le choix : elle devait l'épouser. Tout d'abord parce que son bébé méritait qu'elle prenne cet engagement. Ensuite, parce qu'elle se devait de donner une chance à leur couple. Il faudrait qu'elle se montre patiente à l'égard de Joaquin mais le temps passant, peut-être commencerait-il à la voir sous un jour différent. Certes, il ne l'aimait pas, mais ce n'était pas forcément la condition sine qua non à un mariage.

En descendant l'escalier le matin suivant, Lucy ne put s'empêcher de remarquer l'absence de décorations. Pourtant les fêtes de Noël étaient dans une semaine. Joaquin et sa sœur passaient probablement toujours cette période au Guatemala, en conclut-elle.

Joaquin abaissa son journal lorsqu'elle fit son entrée dans la salle à manger. Encore habillée dans sa robe de demoiselle d'honneur car elle n'avait aucune autre tenue, Lucy se sentait un peu ridicule.

— La licence spéciale sera accordée après-demain. Mon statut diplomatique a accéléré le processus.

Mettant son journal de côté, Joaquin se leva et elle put admirer encore une fois son allure athlétique. Mais il avait décidément trop l'impression que rien ne lui résistait et cela la crispa.

— Je n'ai pas encore dit que j'allais vous épouser.

Ses yeux verts plongèrent dans les siens.

— Le ferez-vous ? demanda-t-il sèchement.

Elle rougit.

— Oui.

— Je n'en ai pas douté un instant, *querida*. L'un de mes employés s'occupe de cette affaire. Il fait les démarches concernant votre extrait de naissance. Par ailleurs, je vous suggère d'emménager ici aujourd'hui, poursuivit Joaquin d'un ton égal. Les vacances d'Esperanza commencent demain et elle sera à la maison dans l'après-midi. Je vous serais reconnaissant si vous étiez déjà installée à ce moment-là.

Prenant place à la table magnifiquement dressée, Lucy demanda d'un ton détaché :

— Vous ne serez pas là ?

— Je serai à Paris cet après-midi et ne rentrerai que demain en fin de soirée.

Tandis qu'il se dirigeait vers la porte, Lucy demanda encore :

— Vous partez maintenant ?

— Oui. D'autres questions ?

Lucy rougit mais elle opina sans s'excuser pour autant.

Alors il s'approcha d'elle et prit sa bouche avec une passion si inattendue qu'un petit cri de surprise lui échappa. C'était un baiser dévorant qui lui fit tout oublier. Son désir était si grand qu'elle ressentit comme une punition que Joaquin mette un terme à leur étreinte. Il la lâcha en respirant profondément.

— J'allais oublier. La bague...

Encore sous le coup de ce baiser, Lucy le regarda sortir une petite boîte d'une table basse et la lui tendre.

— Une bague ?

Son cœur s'était mis à battre à tout rompre tandis que ses lèvres s'illuminaient d'un sourire.

— Une bague de fiançailles. Ma sœur n'en attendra pas moins. Emmenez-la faire du shopping pour vous choisir une robe de mariée.

Joaquin prit l'air d'un homme affairé pour qui le temps était de l'argent.

— Une robe de mariée ? Mais je pourrais porter celle-ci..., proposa-t-elle en désignant sa tenue.

Une impression de dédain passa sur son visage fier.

— Une épouse Del Castillo ne portera jamais une robe qui n'aurait pas été choisie exprès pour l'occasion.

Arrivé à la porte, il se retourna et murmura :

— Choisissez quelque chose de blanc… une robe blanche. Longue et traditionnelle.

— Autre chose ? demanda-t-elle, ne s'attendant pas vraiment à une réponse.

Joaquin ne semblait plus la voir, complètement préoccupé par un sujet à propos duquel elle ne se serait pas attendue à le voir manifester le moindre intérêt.

— Un voile… et peut-être une tiare… Je vais faire apporter les bijoux de ma mère. Il vous faudra un bouquet… de roses blanches, précisa-t-il. Et ne faites pas de chignon.

Lucy écoutait la liste détaillée de ses instructions avec une surprise grandissante.

Joaquin lui lança un regard de côté.

— Je suis en train d'imaginer comment les choses apparaîtront pour ma famille et mes amis sur le film, vous comprenez. Nous allons donner une grande fête et montrerons la vidéo à notre retour au Guatemala pour le nouvel an.

— Alors nous allons passer Noël ici ? en conclut Lucy. Puis-je commander un arbre ?

L'espace de quelques secondes, Joaquin ne sembla pas comprendre ce qu'elle disait.

— Un arbre de Noël, précisa-t-elle.

— Faites comme vous le voulez, répondit-il sans enthousiasme.

Puis il disparut.

Ainsi, tout ça était pour faire bonne figure devant des étrangers ! Lucy était très pâle. Elle ouvrit la boîte et retint son souffle en découvrant le superbe diamant qui ornait la bague. Une bague de fiançailles. « Ma sœur n'en attendra pas moins », lui avait-il dit. Cette remarque lui avait fait l'effet d'un coup de poignard et elle ne pouvait s'empêcher de penser à quel point il était ironique que Joaquin la condamne pour la comédie qu'elle lui avait jouée. Car il souhaitait visiblement qu'elle tienne un rôle de composition pour leur mariage.

11.

— Pour une robe pas chère, elle est vraiment très belle, commenta Esperanza quarante-huit heures plus tard, en examinant sous tous les angles la robe de mariée que Lucy avait essayée.

— Elle a coûté très cher ! protesta Lucy.

— Lucy, il faut que tu apprennes à calculer selon d'autres critères, maintenant que tu t'apprêtes à devenir une Del Castillo. Tout ce qui n'a pas été dessiné exclusivement pour toi est bon marché !

Lucy ne serait jamais rentrée seule dans le salon de haute couture dans lequel Esperanza l'avait entraînée la veille. Quoi qu'il en soit, elle ne le regrettait pas. Car c'était une robe de rêve. Une merveille de taffetas d'une extrême finesse, rehaussé par quelques perles aux couleurs d'opaline.

— Je trouve ça génial que Joaquin ait tellement hâte de t'épouser, lui confia Esperanza.

Ce disant, elle l'aida à déposer la tiare en diamants sur le voile de dentelle.

— Et pourtant, quand il nous a suivies à Londres, il changeait de sujet chaque fois que j'évoquais ton nom, reprit-elle. Je suppose que cela signifie que quand un homme est vraiment, vraiment fou d'une femme, il préfère ne pas en parler.

— Sans doute, acquiesça Lucy rapidement.

Elle n'avait pas vu Joaquin depuis son départ pour Paris. Il était rentré très tard la veille au soir. Avec Esperanza dans la maison, déterminé à ce que toutes les traditions soient respectées, il lui avait fait porter un plateau dans sa chambre.

Il avait été décidé qu'après la cérémonie, Esperanza passerait quelques jours avec une amie. Elle et son frère avaient finalement conclu un accord : l'adolescente serait interne dans la semaine mais passerait ses week-ends dans leur demeure londonienne. Après ses examens, elle aurait la possibilité de poursuivre ses études au Guatemala.

Une limousine conduisit Lucy et Esperanza dans une petite église des environs de Londres. Quelle ne fut pas la surprise de Lucy de découvrir qu'une véritable équipe de tournage guettait leur arrivée !

— La cérémonie va être retransmise à la télévision guatémaltèque, l'informa Esperanza, habituée à cette attention des médias.

Heureusement, Lucy, que cette nouvelle aurait rendue nerveuse si elle en avait été préalablement informée, ne vit plus que Joaquin du moment où elle descendit l'allée de l'église. Et à l'instant où elle-même eut pénétré dans l'église, il n'eut plus d'yeux que pour elle. Il avait revêtu un superbe costume gris pâle qui mettait en valeur sa beauté sombre et féline. Lorsque ses yeux émeraude rencontrèrent les siens, un immense bonheur l'étreignit et tous ses soucis s'envolèrent.

La cérémonie terminée, Lucy eut l'impression de flotter dans un doux rêve tandis que Joaquin la menait jusqu'à la limousine.

Il lui sourit.

— Tu es superbe, *querida*.

— Esperanza a dit que c'était une robe bon marché.

Joaquin ne put cacher son amusement.

— Le terme est relatif lorsqu'il est utilisé par ma sœur !

— Oh mon Dieu ! Puis-je utiliser votre téléphone ? s'exclama-t-elle tout à trac.

— Quelque chose ne va pas ? demanda-t-il en lui tendant son portable.

— J'étais supposée commencer un travail aujourd'hui et j'ai complètement oublié de les appeler pour leur dire que je ne viendrai pas.

Tandis que Joaquin la regardait, manifestement interloqué, Lucy appela les renseignements pour obtenir le numéro du magasin de jouets puis leur présenta ses excuses pour ne pas les avoir informés plus tôt qu'elle avait changé d'avis.

— Pourquoi me regardez-vous comme ça ? lui demanda-t-elle en lui rendant le combiné, sa conscience apaisée.

— C'est le jour de votre mariage. Je suis surpris que vous ayez pris la peine de les appeler.

— Je déteste faire faux bond aux gens. Ou les décevoir.

— Quel dommage que vous n'ayez pas appliqué cette règle me concernant !

— Si vous faites allusion au fait que j'ai prétendu être Cindy, c'est une affaire complètement différente.

— *Por Dios…* voilà une version bien édulcorée de l'histoire!

Lucy prit son inspiration.

— Mais j'aurais pu vous dire la vérité plus tôt si vous n'aviez pas fait autant de remarques déplaisantes sur le passé de ma sœur, puis si vous n'étiez pas allé jusqu'à suggérer que son futur mari devait être prévenu de qui elle était.

— C'est là votre excuse ? Quant à moi, j'étais vraiment furieux à propos de ce que ce pauvre Fidelio a dû endurer.

— Cindy n'a jamais eu l'intention de faire souffrir personne ! Elle a sans doute écrit des lettres stupides réclamant de l'argent, mais elle croyait honnêtement qu'il pouvait se permettre d'être généreux. Ce n'est pas la même chose qu'être une manipulatrice.

Joaquin lui lança un regard sombre.

— Ce n'est pas non plus une attitude acceptable. Et vous n'améliorez pas l'image que j'ai de vous en essayant de me démontrer le contraire.

— Je suis désolée, c'est ma sœur et je l'aime... avec ses faiblesses. Les gens évoluent, Joaquin. Sa rencontre avec Roger a changé Cindy et je n'ai pas voulu qu'elle perde cette chance de bonheur avec lui.

— *Infierno* ! lui répondit Joaquin avec une impétuosité qui la déconcerta. Et peu vous importait ce que je pouvais penser à votre égard !

— C'est faux !

— Allons, vous m'avez laissé vous traiter de traînée ! Et puis, vous m'avez menti. Même la nuit où nous avons fait l'amour, vous mentiez encore. Mais le pire, le plus impardonnable de tous vos actes a été de me laisser croire que vous couchiez avec un autre homme et que vous ne saviez pas de qui était le bébé que vous portiez ! J'aurais pu partir... j'aurais pu ne jamais revenir, vous abandonner à jamais. Et avez-vous évalué les conséquences de cela ? Cela vous a-t-il importé ? Non !

La colère de Joaquin allait crescendo et Lucy restait figée comme une statue, abasourdie.

— Je... je vous aurais contacté, opposa-t-elle.

— Et comment ? Pensez-vous que j'aurais répondu à vos appels ou accepté d'ouvrir vos lettres ? suggéra-t-il avec mépris. Une femme qui me laisse croire de telles horreurs à son sujet n'est pas une femme que je peux être fier d'avoir épousée ! J'espère seulement que vous aurez plus d'amour pour notre enfant lorsqu'il sera né que vous n'en avez eu pour moi.

Sur ce, il ouvrit la vitre qui les séparait de son chauffeur et lui donna un ordre en espagnol. La limousine s'arrêta presque immédiatement et Joaquin en sortit.

— Joaquin ! s'écria Lucy, où allez-vous ?

— J'ai besoin d'air, dit-il en claquant la portière avant de disparaître.

Elle regarda sa montre. Ils étaient mariés depuis seulement quarante-cinq minutes, songea-t-elle en soupirant.

Tout à coup, elle eut conscience qu'elle avait cru pouvoir surmonter un problème qu'elle pensait être une colline. Mais la colline s'était transformée en montagne. Elle, qui se flattait de son bon cœur et de sa sensibilité, s'était comportée de la façon la plus cruelle possible. Et le pire était qu'elle n'avait aucune excuse.

Rien ne justifiait d'avoir laissé croire à Joaquin pendant deux jours qu'elle était la maîtresse de Roger, alors qu'elle portait son enfant. Elle s'était convaincue qu'elle le faisait pour le bien de Cindy, mais ça n'était pas une excuse valable.

Lorsqu'elle retourna à la résidence, elle était trop perturbée par sa propre attitude pour être troublée par le fait qu'elle était seule. Joaquin était furieux contre elle et elle ne le comprenait que trop bien. Comment avait-elle pu traiter quelqu'un qu'elle aimait de cette façon ? Elle savait à quel point Joaquin était susceptible. Et s'il avait décidé sur un coup de tête que, même pour le bien de leur enfant, il ne pouvait supporter d'être l'époux d'une femme aussi insensible et égoïste ?

Lucy cessa d'arpenter le salon et décida qu'elle ferait mieux d'agir plutôt que de se tourmenter.

L'arbre de Noël attendait d'être décoré. L'odeur résineuse du pin lui rappela de vagues souvenirs de son enfance. Avant le divorce de ses parents, il y avait toujours eu un sapin dans la maison pour Noël.

Un serviteur dévoué avait apporté des caisses de décorations qui n'avaient pas servi depuis la mort de la mère de Joaquin, vingt ans plus tôt. Apparemment, Joaquin et ses défunts parents avaient pour coutume de passer Noël à Londres.

Répugnant à enlever sa robe de mariée mais déterminée à la conserver impeccable, Lucy mit un large tablier et commença à fouiller dans les cartons. Son enthousiasme augmentait à chaque nouvelle boîte qu'elle ouvrait. Perchée sur un escabeau, elle était en train d'accrocher un oiseau exotique à la branche de l'arbre lorsque, deux heures plus tard, la porte s'ouvrit. Joaquin apparut, un paquet enrubanné dans la main. Lorsqu'il l'aperçut, il se figea.

— *Madre mia* !

Se débarrassant de son cadeau, il vint placer ses bras autour d'elle, la soulevant comme s'il la sauvait de quelque danger imminent.

— Etes-vous devenue complètement folle ? Le personnel devrait s'occuper de cela.

Lucy fixait son séduisant visage, soulagée qu'il soit revenu.

— J'adore décorer le sapin…

Joaquin fronça les sourcils.

— Le jour de votre mariage ?

— J'avais besoin de m'occuper. Et de réfléchir avant votre retour. Voilà, j'ai quelque chose à vous dire. J'aimerais pouvoir vous donner une raison qui justifierait que je vous aie laissé partir sans un mot le jour où Roger a fait son apparition. Hélas, je n'en ai pas ! Je pense que j'avais tellement l'habitude de faire semblant d'être Cindy, d'être passive dans ma propre vie…

Joaquin tendit la main et la posa sur la sienne sans pouvoir maîtriser son émotion. Ses yeux verts la fixaient.

— Je ne suis pas d'un tempérament passif.

— Je vous jure que si vous n'étiez pas venu à l'église le jour du mariage de Cindy, je serais venue m'expliquer auprès de vous ! poursuivit-elle. J'étais vraiment désespérée que vous puissiez penser toutes ces horreurs à mon sujet.

A présent Joaquin s'était saisi de ses deux mains.

— Je n'aurais pas dû vous abandonner dans la limousine, admit-il gravement. Mais j'avais peur de ce que je pouvais dire… du mal que je pouvais vous faire.

— Mais vous aviez toutes les raisons d'être furieux. Je n'avais pas pensé à ce que vous pourriez éprouver.

— *Por Dios* ! Ce jour-là, à l'appartement de votre sœur, j'étais effondré ! admit Joaquin avec tristesse. Mais le pire de tout, c'était de croire que vous alliez épouser Roger. J'étais venu à l'église avec l'intention de faire tout ce qui était en mon pouvoir pour empêcher le mariage.

— Et au lieu de cela, vous avez découvert que je n'étais même pas celle que je prétendais être, conclut Lucy. Joaquin, je suis tellement désolée.

— Non, votre inquiétude concernant votre sœur était compréhensible. Sur le moment, au Guatemala, j'ai proféré une menace tout à fait impardonnable. Comment auriez-vous pu savoir que je ne l'aurais jamais exécutée, que je ne suis pas de cette sorte d'homme qui s'abaisserait à rapporter des histoires déshonorantes à propos d'une femme ?

Connaissant son caractère chevaleresque, Lucy déclara :

— J'aurais dû le savoir également.

— Comment auriez-vous pu ? Dès que j'ai posé les yeux sur vous, j'ai été fasciné par votre beauté. Cela me rendait fou et dans un effort pour garder à l'esprit ce que je pensais que vous étiez, j'ai proféré des paroles offensantes. Je ne réussis pas à me pardonner de m'être comporté ainsi !

— C'est vrai que j'ai été choquée, se souvint Lucy.

— *Si*… je m'en suis rendu compte et m'en suis étonné. Puis, lorsque vous avez condamné mon manque de courtoisie, j'ai été indigné… mais vous avez eu raison de me le reprocher.

Quelle joie pour Lucy d'apprendre que Joaquin avait été attiré par elle dès qu'il l'avait rencontrée. Elle le regarda et sourit faiblement.

— Je suis si contente que vous soyez ici. J'ai eu si peur que vous ne soyez retourné au Guatemala !

— Je peux avoir des réactions brutales, *gatita mia*, concéda Joaquin. Mais je peux vous assurer que même sous l'emprise de mon terrible orgueil et de ma fureur, je n'aurais jamais fait une bêtise pareille !

— J'étais inquiète…

Se souvenant soudain qu'elle portait un tablier, elle se dégagea de son étreinte pour l'enlever et s'écria :

— Mon Dieu… je suis couverte de poussière !

Mortifiée par l'image qu'elle devait lui offrir, Lucy commença à grimper l'escalier pour se rendre dans la salle de bains.

— Je vous demande pardon… pour la peur que je vous ai faite, chère Lucy.

L'ayant suivie, Joaquin s'était saisi de sa main. Elle sentit ses genoux vaciller lorsqu'elle croisa son regard clair.

— J'aime vos yeux, s'entendit-elle murmurer.

— C'est ce que vous m'avez dit lorsque vous étiez malade…

S'arrachant à lui avec la plus grande difficulté, Lucy poussa la porte de la chambre d'amis lorsqu'elle entendit la voix de Joaquin lui indiquer :

— Vous vous trompez de porte…

Légèrement troublée par ce rappel qu'ils partageraient désormais la même chambre, elle se rendit directement dans la salle de bains.

— Vous êtes encore tellement timide, *querida*, murmura Joaquin lorsqu'il s'arrêta sur le seuil de la porte. Ce n'est que maintenant que je me rends compte à quel point vous étiez mauvaise actrice au Guatemala. Je me disais que l'innocence que je percevais en vous était le résultat d'un art consommé de la comédie. Bien sûr, si j'avais su la vérité, cela aurait été malhonnête de ma part de profiter de vous.

— Mais vous n'avez pas profité de moi…

— Si. Ne savez-vous pas qu'il est dangereux de partager le lit d'un homme qui vous dit de ne pas vous faire d'illusions pour l'avenir ? Ce n'étaient que des mots et vous les avez crus ! dit Joaquin d'un air peiné. Vous auriez dû m'envoyer au diable.

— Laissons cela, Joaquin…

Alors qu'elle luttait afin de défaire les nœuds de son tablier pour ressembler davantage à une marié digne de ce nom, Lucy sentit Joaquin l'en délivrer avec sa dextérité habituelle.

— C'était ma faute. J'étais trop fier pour admettre que j'étais amoureux fou d'une femme qui semblait être tout le contraire de mon idéal, murmura-t-il tristement.

— Vous étiez amoureux ?

C'était tout ce que Lucy avait entendu.

— C'est pour cela que je suis venu à l'église le jour du mariage de votre sœur. A la minute ou j'ai découvert que je pouvais vous avoir perdue au bénéfice d'un autre, plus rien ne comptait pour moi ! Ni que vous ayez couché avec lui, ni que l'enfant puisse être de lui… non, je voulais encore que vous soyez mienne.

— Oh ! Joaquin, dit-elle, tandis que les larmes coulaient sur ses joues, je n'arrive pas à croire que vous m'aimiez.

— Ne me suis-je pas précipité à l'église pour vous le dire ? Seulement pour découvrir que vous n'étiez pas Cindy Paez, pas plus que la mariée. Jamais je ne me suis senti aussi idiot de ma vie. J'étais tellement en colère contre vous que j'ai presque laissé mon orgueil nous détruire, conclut-il amèrement.

Lucy lui prit la main.

— Je vous le répète, vous aviez toutes les raisons d'être en colère.

Elle ressentait le besoin de partager ses sentiments avec lui.

— Vous savez, je vous aime également beaucoup ! lança-t-elle.

Le regard de Joaquin se remplit de tendresse. Il la prit dans ses bras avec une ferveur non dissimulée et l'embrassa avec une passion qu'il ne lui avait encore jamais montrée.

Puis, avec un empressement visible, il la délivra de sa robe de mariée avant d'enlever son costume. Tous deux se sentaient emportés par une vague de pur bonheur. Quelle joie de savoir que les malentendus étaient désormais derrière eux ! Le baiser fougueux de Joaquin acheva d'éveiller le désir de Lucy, et elle se cambra contre lui. Alors, il la prit dans ses bras et la porta vers le lit.

Après avoir laissé libre cours à leur passion, ils restèrent enlacés, repus de plaisir. Le regard clair de Joaquin l'enveloppait avec une intensité possessive et le vert de ses yeux sembla s'intensifier lorsqu'il dit :

— Je dois te dire quelque chose… Je rembourserai personnellement le reste des économies de Fidelio.

Lucy ne put dissimuler à quel point elle était stupéfaite par cette nouvelle.

Joaquin poursuivit :

— Roger était opposé à cette idée mais j'ai insisté. Je lui ai dit que le remboursement de cette dette serait mon cadeau de mariage à tous les deux.

— Mais pourquoi… pourquoi as-tu changé d'avis et décidé de faire cela ? s'enquit-elle, réalisant tout à coup que ce devait être ce à quoi sa jumelle avait fait allusion avant son voyage de noces.

— Avec le recul, je pense que Fidelio et Cindy ont tous les deux été des victimes, à leur façon. Si Mario n'était pas mort, tout cela ne serait pas arrivé. Lorsqu'il a rencontré ta sœur, Mario logeait dans ma suite, à l'hôtel. C'était un très gentil garçon, mais il est possible que par désir d'impressionner Cindy il ait quelque peu menti au sujet de sa fortune personnelle.

Lucy hocha doucement la tête à ce résumé vraisemblable des événements.

— Par ailleurs, je trouvais que ça n'était pas une bonne idée pour Roger et Cindy de commencer leur vie de couple avec une dette de cette importance.

— Effectivement.

Tout à coup, elle se sentit pleine de reconnaissance envers Joaquin. De quelle générosité il faisait preuve !

— Cela représente si peu pour moi mais tellement pour eux.

— Oh, Joaquin, tu es formidable. Je t'aime encore plus, tu sais !

Il s'appuya contre les oreillers et la laissa le couvrir de baisers. Lorsqu'elle s'appuya sur un coude pour le dévisager, il eut un sourire désarmant.

— Cet arrangement bénéficiera également à Fidelio. Nous inviterons Roger et Cindy au Guatemala afin qu'ils le rencontrent et il en sera très heureux.

— Tu es fantastique, lui assura Lucy, encore plus impressionnée.

— Je t'avais dit que tu étais faite pour moi. L'ego du mâle latin se nourrit d'appréciations de cette sorte, déclara-t-il avec autodérision.

Bien plus tard, ils dînèrent aux chandelles. Lucy défit le paquet que Joaquin lui avait apporté dans l'après-midi. Il s'agissait d'un ange taillé dans le cristal le plus pur.

— Je l'ai vu dans un magasin et il m'a fait penser à toi, avoua-t-il d'une voix douce.

— Un ange ? interrogea Lucy, un peu crispée.

— Pas tout à fait, corrigea Joaquin en la taquinant. Mais je peux voir en toi comme dans du cristal.

Après le repas, ils finirent de décorer le sapin. Lucy était bien étonnée de partager cet acte simple et traditionnel avec un homme aussi sophistiqué que Joaquin.

— Ma mère, qui est morte quand j'avais dix ans, adorait Londres, lui confia-t-il. Noël n'a jamais plus été pareil ensuite.

Lucy déclara qu'elle avait éprouvé la même chose après le divorce de ses parents.

— Maman n'y trouvait plus d'intérêt après le départ de Papa.

— Si tu désires mettre un père Noël géant sur le toit et couvrir la maison de lumières clignotantes, tu peux, *gatita mia*, suggéra Joaquin avec douceur.

Sur ce, il l'attira pour la serrer contre lui avec toute l'affection et la chaleur dont il était capable.

— Evidemment, Esperanza se moquera de ta sentimentalité tout en étant ravie de voir un si beau sapin !

Il se trompa sur ce dernier point. Sa sœur arriva la veille de Noël, regarda le sapin majestueux et s'écria avec une joie manifeste :

— Wahou ! Lucy… tu as réussi à recréer la véritable ambiance de Noël ! C'est génial ! Est-ce qu'il y a de la dinde pour le dîner ? Je peux suspendre une chaussette à la cheminée ?

— Oui, mais il va falloir que tu attendes jusqu'à demain matin pour regarder ce que le père Noël t'a apporté, lui répondit Joaquin avec une pointe d'ironie.

Esperanza lui lança un regard amusé.

— Tu vois, je suis suffisamment grande maintenant pour faire appel à l'enfant qui sommeille en moi !

Le jour de Noël, Esperanza partit s'isoler pour téléphoner à ses amis.

— L'année prochaine ce sera le premier Noël de notre enfant, murmura Joaquin en encerclant Lucy de ses bras.

— C'est vrai…, répondit-elle pensivement.

Elle regardait sans y croire l'amoncellement de cadeaux qui faisait plus que compenser tous les Noëls décevants de son passé.

— Toutes les femmes n'apprécieraient pas qu'une adolescente virevolte autour d'elles quelques jours après leur mariage, mais cela ne te dérange pas, n'est-ce pas ? demanda Joaquin avec une lueur d'admiration dans les yeux.

Lucy sourit.

— J'aime avoir le sentiment d'appartenir à une famille autant qu'elle.

Lui prenant le visage en coupe, il l'embrassa dans un baiser à couper le souffle auquel elle répondit avec une ardeur mêlée de tendresse. Leur étreinte se poursuivit jusqu'à ce que Lucy se souvienne qu'ils étaient supposés assister à un service religieux avant le déjeuner.

— Joaquin… nous avons presque oublié la messe de Noël !

Joaquin l'observa avec amusement et se mit à rire.

— Esperanza va être surprise de ce regain de tradition chez les Del Castillo !

A l'étage, cette dernière faisait semblant de souffrir en expliquant à une amie :

— Tu n'as pas idée comme ils sont sentimentaux à se tenir continuellement la main comme des gosses ! Et Joaquin qui n'a aucune psychologie, cela fait peine à voir. Il a donné à la pauvre Lucy tous ces livres fastidieux sur les Mayas… et comme si ça n'était pas assez, il la traîne avec lui pour une visite interminable des sites archéologiques du Guatemala le mois prochain !

*
**

Une semaine avant Noël, presque une année plus tard, Lucy couchait son fils dans le berceau installé dans leur salon, à Londres. Cindy et Roger devaient venir pour le déjeuner.

Jaime Enrique Del Castillo bâilla pour attirer l'attention de sa mère. Avec ses cheveux noirs et ses yeux bleus, il était le bébé le plus serein qui soit. Mais il était vrai que ce premier-né avait toutes les raisons d'être heureux. Il était le centre de toutes les attentions et recevait beaucoup d'amour de la part de ses parents, de sa tante Esperanza et du personnel de la maison.

Après avoir fini le lycée avec des résultats honorables à ses examens, Esperanza suivait à présent des études d'art à Londres. Elle faisait preuve de talent et semblait désormais motivée à l'idée de devenir une artiste célèbre. A dix-sept ans, elle avait fait une croix sur son snobisme de jeune fille de bonne famille.

Lucy avait vécu une première année de mariage réellement merveilleuse. Peu après leur mariage, Joaquin l'avait emmenée explorer les ruines des cités maya. Et bien que la visite des sites les moins accessibles ait été exclue par son mari, au motif que de tels efforts n'étaient pas recommandés aux premiers stades d'une grossesse, ce voyage avait été fantastique. D'ailleurs, Lucy étudiait à présent les méthodes de conservation des sites et ses conseils étaient très appréciés par Joaquin.

Cindy et Roger étaient venus au Guatemala à Pâques et avaient été invités dans la maison réhabilitée de Fidelio. Celui-ci les avait accueillis à bras ouverts, les considérant tous deux comme des parents. A la fin de son séjour, Cindy s'était prise d'une véritable affection pour le vieil homme.

Lucy sortit Jaime de son berceau et l'installa par terre, sur le tapis. A cet instant, Joaquin fit son apparition, terriblement séduisant dans son costume beige. Il regarda son fils qui tentait en vain d'attraper un ange accroché au sapin et éclata de rire.

— Il grimperait bien sur cette arbre si nous le laissions faire !

— L'année prochaine, il y arrivera très bien ! prédit Lucy en souriant.

Joaquin se pencha en avant et mit un hochet dans la petite main de Jaime. L'enfant porta toute son attention sur son nouveau joujou.

— Notre fils est vraiment costaud... tu as vu comme il a agrippé son hochet ?

Lucy acquiesça en essayant de ne pas sourire.

Joaquin l'attira alors vers lui, ses yeux verts scrutant son visage amusé.

— Tu te moques de moi de nouveau.

— C'est que Jaime ne m'a pas l'air si costaud que cela pour l'instant. Mais je te crois. D'ailleurs, en tant que père et fils, vous devez avoir un lien spécial.

— Nous avons un lien, très, très spécial. Je t'adore, *querida.*

— *Si...*, souffla Lucy dans un soupir.

— *Si...*, confirma Joaquin d'une voix un peu rauque.

Jaime n'avait pas la moindre idée de ce que ses parents racontaient, mais il ne broncha pas lorsqu'ils le replacèrent dans son berceau et ferma les yeux, les laissant en paix.

Collection Azur

HARLEQUIN

PROCHAINS RENDEZ-VOUS LE

1[ER] **Décembre 2002**

UN HOMME, UNE FEMME ET… UN COUFFIN, de Jessica Hart • *N°2255*

Gabriel tombait des nues. Que faisait ce couffin dans son bureau ? Et comment Tess, son assistante, avait-elle pu se laisser abuser par une inconnue qui avait déclaré “rendre l’enfant à son père”? Une méprise, bien entendu… qui les obligeait néanmoins à pouponner pendant quelques semaines !

L’AMANT ARGENTIN, Jane Porter • *N° 2256*

Play-boy & Milliardaire

Un demi-million de dollars ! Jamais Daisy ne parviendrait à rembourser à Dante Galvàn la somme qu’il avait investie dans l’écurie familiale. Et alors qu’il ne fallait jamais mélanger l’amour et les affaires, voilà qu’elle se sentait succomber au charme redoutable de son créancier…

SÉJOUR AU PARADIS, Sophie Weston • *N°2257*

Tombée malade après avoir rompu avec son fiancé, Kathy, convalescente, accepte l’invitation de sa sœur à la rejoindre sur une petite île paradisiaque. Elle est loin de se douter que ce séjour va l’amener à rencontrer Philip, un homme qui va lui redonner goût à la vie… et à l’amour.

LA ROSE DU DÉSERT, Liz Fielding • *N°2258*

Lorsque le régent, qu’il soupçonne de préparer un coup d’Etat, invite la journaliste Rose Fenton à séjourner au Ras al Hajar, le prince Hassan a aussitôt la puce à l’oreille : en ralliant les médias à sa cause, le régent ne cherche-t-il pas à manipuler l’opinion publique ? Résolu à contrer cet abus de pouvoir, Hassan décide d’enlever Rose…

UNE NUIT MIRACULEUSE, Catherine Leigh • *N°2259*

Plutôt solitaire, Carolyn subit sans relâche les exhortations de sa mère à sortir davantage. Un soir pourtant, la jeune femme prend cette injonction au mot, et sidérée par sa propre audace, s’enfuit du gala de charité auquel elle assistait au bras d’un bel inconnu…

SOUS LES FEUX DE LA PASSION, Helen Bianchin • *N°2260*

Depuis sa rupture avec le père d’Emma, il y a quatre ans, Stephanie a tiré un trait sur sa vie sentimentale. Désormais, seuls comptent sa fille et son travail de directrice marketing. Du moins en est-il ainsi jusqu’à sa rencontre avec David Lanier, un séduisant homme d’affaires persuadé qu’ils sont faits l’un pour l’autre…

UN NOËL EN ANDALOUSIE, Lucy Gordon • *N°2261*

Devant le désarroi de son élève sur le point d’épouser, par devoir, un riche aristocrate andalou, Maggie incite à la jeune fille se rebeller. Un conseil que cette dernière s’empresse de suivre, mais qui n’est pas du goût de Don Sebastian. Il exige alors réparation : Maggie sera son épouse de substitution !

MARI OU ENNEMI ? Caroline Cross • *N° 2262*

Les Héritiers

Encore sous le choc des obsèques de son frère, mort sur le chantier de l’hôpital, Angelica a partagé une nuit d’amour avec Riley Fortune. Quelques mois plus tard, alors qu’elle ne parvient pas à oublier son amant d’une nuit, une nouvelle épreuve vient la frapper : à la découverte que son frère a été assassiné, vient s’ajouter le fait qu’elle est enceinte de Riley, le suspect n°1…

Vous aimez les sagas qui mêlent sentiments passionnés
et secrets de famille ?
Alors, retrouvez ce mois-ci
dans la collection Azur

Les Héritiers

LES ENFANTS DES FORTUNE

Et entrez dans le cercle très privilégié de l'un des clans les plus puissants des Etats-Unis, celui des Fortune.

Depuis 20 ans, la famille Fortune originaire de l'Etat d'Arizona règne sur un gigantesque empire financier. Une réussite qui leur attire le respect, mais suscite aussi bien des convoitises. Car aujourd'hui, leur plus généreux projet – la construction bénévole d'un hôpital pour enfants – est mis en péril. Depuis qu'un accident mortel a eu lieu sur le chantier, les Fortune sentent en effet qu'une mystérieuse menace pèse sur leur clan…

Vous voulez en savoir plus ? Suivez ce mois-ci les aventures de la jeune génération des Héritiers, prête à braver tous les obstacles, mais pour qui l'amour reste le plus grand des défis
(Un amour de jeunesse - Azur n°2254)

Les Héritiers

Une saga de 5 titres inédits avec 1 titre par mois.